HERZ DES BLAUEN DRACHEN

MISTY MALLOY

Übersetzt von
NATHALIE HOPPER
Bearbeitet von
YANINA HEUER

Veröffentlicht in den Vereinigten Staaten von Amerika

Midnight Romance LLC

Herausgeberin: Yanina Heuer

Umschlaggestaltung: Jacqueline Sweet Designs

Der Inhalt dieses E-Books ist frei erfunden. Zwar kann auf tatsächliche historische Ereignisse oder existierende Orte Bezug genommen werden, aber die Namen, Charaktere, Orte und Ereignisse sind entweder das Produkt der Fantasie der Autorin oder werden fiktiv verwendet, und jede Ähnlichkeit mit Personen, tot oder lebendig, Unternehmen oder Schauplätzen ist rein zufällig.

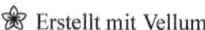 Erstellt mit Vellum

HOLEN SIE SICH IHR KOSTENLOSES BUCH!

Tragen Sie sich in meine E-Mail Liste ein, um als erstes von Neuerscheinungen, kostenlosen Büchern, Sonderpreisen und anderen Zugaben zu erfahren.

https://geni.us/jungfrauunddervampir

KAPITEL EINS

MIRA

„Willst du damit sagen, dass ich beim Freudentrainingskurs *durchgefallen bin?*" Ich starre meine Sexualtrainerin völlig perplex an. Der Saal, den wir als Klassenzimmer benutzt haben, ist dekadent dekoriert wie immer – aufgebauschte Kissen, üppig begrünte Pflanzenwände und weiches Licht, das aus den Oberlichten hereinströmt –, aber heute ist es hier anders.

Normalerweise ist der Raum mit dem Flüstern, Kichern und den gedämpften Gesprächen der anderen Menschenfrauen aus meiner Zuchtkohorte gefüllt, aber jetzt ist der Saal totenstill.

Es sind nur wir beide.

Die anderen Frauen wurden alle von außerirdischen Kriegern der Xantharianer als Gefährtinnen auserwählt und ich bin die Einzige, die übriggeblieben ist.

Niemand hat mich gewählt. Kein einziger Xantharianer hat Interesse an mir bekundet.

„Nun, … nein." T'Pring fingert auf ihrem Platz auf dem Kissen mir gegenüber unbehaglich mit allen vier ihrer Hände auf einmal herum. „Das habe ich nicht gesagt, meine Liebe."

Sie lächelt strahlend, ihr charakteristisches varghalisch rotes Haar legt sich wie ein Wasserfall um sie herum, aber ihre schönen Porzellanzüge sind von Sorge gezeichnet … und von einer anderen Emotion.

Mitgefühl.

Ich stoße einen tiefen Atemzug aus und falte meine Hände in meinem Schoß. T'Pring greift herüber und drückt sie. Obwohl sie heute mit mehr Stoff bekleidet ist als sonst – normalerweise trägt sie ein transparentes Gewand und darunter nichts –, enthüllt ihr lockeres, fließendes Oberteil üppige Brüste.

Meine Trainerin ist sexy und selbstbewusst. Das macht mir mein schlichtes Kleid mit kurzen Ärmeln und dem gerafften Mieder, das absolut kein Dekolleté zeigt, umso bewusster. Nicht, dass ich keines *möchte* – meine Brüste sind einfach zu klein, als dass ich überhaupt ein Dekolleté haben würde.

Ich bin mir nicht sicher, ob ich auch nur einen Funken Sexualität in mir habe. Tatsächlich wüsste ich nicht einmal, wo ich danach suchen sollte.

„Also doch. Ich bin durchgefallen."

„Nicht *durchgefallen*, Mira." T'Prings herzförmig geschminkte Lippen schürzen sich für einen Moment. „Komm mit. Gehen wir gemeinsam ein Stück."

Wir erheben uns und sie hakt einen ihrer Arme in meinen ein und führt mich aus dem Saal und den Flur hinunter in die Sexualsimulationskammer.

Glatte, eiförmige Metallkapseln säumen die Wände. T'Pring gleitet mit einer Hand über die gewölbte silberne Oberfläche der nächstgelegenen und ein Paneel zischt auf, um die gedämpfte Beleuchtung und die plüschig violette Chaiselongue im Inneren zu enthüllen. Beruhigende Musik tönt heraus.

T'Pring sieht mir in die Augen und für einen Moment erwarte ich, dass sie mich bitten wird, in die Sexkapsel zu gehen. Ich schlucke hart und mein Mund ist trocken. Aber dann betritt sie sie selbst und streckt sich im Inneren auf der Liege aus und ignoriert dabei die angenehme weibliche Bot-Stimme, die sie dazu auffordert, ihre Kleidung auszuziehen.

Sie lächelt mich an. „Ich habe bei der Entwicklung dieser Maschinen geholfen, als ich den Job als Freudentrainerin angenommen habe." Sie tippt auf die Benutzeroberfläche und eine Sekunde später ändert sich die Musik zu einem sexy groovigen Sound. Sie drückt ein paar weitere Schaltflächen, die die Chaiselongue noch tiefer absenken, und das Ambiente wird lauschiger und viele kleine Lichter beginnen zu funkeln. „Meine Absicht war es, meinen Schülerinnen die befriedigendste und sicherste sexuelle Erfahrung zu bieten. Konntest du die Simulation genießen, Mira?"

„Ich, … ähm …" Ich schlucke wieder. Meine Gedanken schweifen zurück zu dem einen und einzigen Mal, dass ich eine Simulation abgeschlossen habe. Ich hatte mich für die nicht-penetrierende Option entschieden, bei der die Sensoren strategisch über meinen ganzen Körper verteilt wurden – selbst auf den empfindlichsten Bereichen.

Mein Gesicht errötet verlegen. Meine einzige Erfahrung bisher war ein Kuss mit einem anderen Mann.

Noch mehr Erinnerungen tanzen durch meinen Geist – das Hologramm des wilden Xantharianer-Kriegers, der vor mir kniet, die Feuchtigkeit zwischen meinen Schenkeln. Das Gefühl einer Zunge, die in mich eintaucht und über meine Falten gleitet. Das Reiben an meiner empfindlichsten Stelle.

Meine anschließende Befreiung war schnell und intensiv gewesen und hatte meinen Körper von Kopf bis Fuß durchströmt.

Meine Wangen brennen jetzt noch heißer. „Das, ... das konnte ich. Aber ..."

T'Pring wartet geduldig auf der Chaiselongue, Güte liegt in ihrem Blick. „Aber was?"

Ich kann nur den Kopf schütteln und weiß nicht, was ich sagen soll. Die Sexualsimulation war nicht so, wie ich es von echtem Sex erwartet hätte. Mit sanften Berührungen und leisem Geflüster. Der warme Körper meines Partners, völlig synchron mit meinem. Küsse und Liebkosungen ...

Und mit all den Gefühlen, die damit einhergehen.

Es ist nicht so, dass ich keinen Sex haben will, aber ich möchte, dass er mit einem *Wesen* passiert und nicht mit einer Maschine.

„Du hast dich geweigert, am Rest der Simulationen des Freudentrainings teilzunehmen", fährt T'Pring fort. „Könnte etwas an den Kapseln verbessert werden? Etwas, das die Erfahrung für zukünftige menschliche Schülerinnen verbessern würde?"

„Oh, nein", sage ich schnell. „Es war nicht ... real. Ich dachte, ich könnte einfach warten, bis ich einen Gefährten habe."

„Ich verstehe." Meine Ausbilderin hält inne und runzelt leicht die Stirn. „Leider ist es so, dass alle Einzelheiten deines Trainings in die Datenbank eingegeben werden, wo alle männlichen Xantharianer sie sich durchsehen konnten. Es gab Bedenken, dass du nicht bereit wärst, ... hmm, wie soll ich es sagen ..."

„Mitzumachen?"

„Ja. Mitzumachen."

Okay. Gut. Ich stoße einen kräftigen Atemzug aus. Der einzige Grund für mich, einen Zuchtvertrag einzugehen und auf diesen Planeten zu kommen, bestand darin, bei der Wiederbevölkerung von Xanthara zu helfen, nachdem das

Virus seinen Tribut gefordert hatte. Es hatte jedes einzelne Weibchen auf dem Planeten getötet. Babys zu zeugen bedeutet, Sex zu haben – das weiß ich *natürlich –*, aber ich möchte, dass es mit meinem eigenen Xantharianer geschieht.

Mit einem, der mich beschützen kann und möchte.

„Tja. Und was jetzt?", sage ich. „Was kann ich tun? Warten, bis mehr Männer die Datenbank durchsehen?" Ich halte inne, beiße mir auf die Lippe und starre auf die Instrumententafeln der Kapsel. „Ich kann die Simulatoren noch einmal ausprobieren, vielleicht ist es diesmal –"

„Nein, Mira." T'Pring schüttelt den Kopf, erhebt sich aus der Liege und verlässt die Kapsel. „Ich glaube, du verstehst nicht. Deine Informationen wurden bereits mehrmals an alle Xantharianer-Männer verteilt. Sie haben …" Mitgefühl erfüllt wieder ihre Augen. „Keiner hat sich gemeldet. Nächste Woche trifft eine neue Kohorte von Frauen ein, eine Gruppe von fünfzig Menschenfrauen aus Kolonien in allen Teilen des Kosmos. Xantharianer wählen eine Gefährtin für den Rest ihres Lebens aus und sie … Ach, wie soll ich sagen?"

„Sag es einfach, bitte."

„Sie alle wollen sicher sein, dass sie die richtige Gefährtin wählen."

Ohhh.

Die Realität ihrer Worte trifft mich wie ein Schlag in die Magengrube. Sie passen und warten lieber auf etwas Besseres.

Ich schlinge meine Arme um meine Mitte. Tränen steigen mir in die Augen und drohen, über meine Wangen zu kullern, aber es gelingt mir, sie wegzuzwinkern. T'Pring streicht mir eine Haarsträhne aus dem Gesicht, obwohl ich wünschte, sie täte es nicht – das macht es nicht leichter, die Tränen zurückzuhalten.

„Du bist herzlich eingeladen, hier im Palast zu wohnen,

meine Süße", sagt sie. „Du kannst hier leben, so lange du willst. Es wird immer für dich gesorgt sein, alle deine Bedürfnisse werden erfüllt werden."

Ich sehe zu ihr auf. „So ähnlich wie eine verrückte Katzendame?"

Die Augen meiner Trainerin weiten sich, als sie mich überrascht ansieht. „Eine Dame mit wilden Hadraxkatzen? Ich habe noch nie eine gesehen, aber ich habe gehört, dass sie sehr groß sind!"

„Nein, keine Hadraxkatze." Ich fühle, wie sich ein kleines Lächeln auf meinem Gesicht regt, selbst als ein paar heiße Tränen mir nun doch über die Wangen laufen. Auf ihrem Heimatplaneten Varghos gibt es vielleicht nicht die kleinen Hauskatzen, die ich als Kind auf der Erde kannte. „Kleine Katzen, wie solche, die als Haustiere bei jemandem zu Hause leben. Das ist ein Sprichwort auf der Erde für eine Dame, die allein lebt und nur Haustiere zur Gesellschaft hat."

„Oh! Eine Katzendame. Ach so." Sie nickt, obwohl sie der Sache mit den Katzen immer noch nicht ganz zu trauen scheint. „Du wirst nie allein sein, Mira. Du hast Freundinnen hier im Palast. Wir könnten Arbeit für dich finden, wenn du möchtest, oder du könntest es einfach genießen, jeden Tag zu tun, was dir gefällt. Man wird dich niemals fortschicken."

Fantastisch. Ich liebe meine Freundinnen – aber eine alte Jungfer an einem Ort zu sein, an dem ich nur zusehen kann, wie diese Frauen sich mit ihren Gefährten Familien aufbauen? Wissend, dass ich nie eine würde haben können? Trauer breitet sich in mir aus bei diesem Gedanken.

„Oder vielleicht … wäre es sinnvoller, zu deiner früheren Heimat auf der Erde zurückzukehren?", fragt T'Pring. „Ich bin sicher, der königliche Hof von Xanthara wäre glücklich, deinen Zuchtvertrag aufgrund dieser unvorhergesehenen Umstände für nichtig zu erklären."

Nach … Hause?

Zurück zur Erde?

Mein Mund klappt auf und ich kann sie nur noch anstarren. Der Schock darüber, was sie mir da vorschlägt, donnert durch mein Gehirn. *Oh nein. Nein, nein, nein …*

„Deine Eltern sind dort oder Freunde, nicht? Deine Geschwister auch?"

„Ja, aber …" Mein Magen revoltiert panisch und verkrampft sich heftig. Mein Atem bleibt mir in der Kehle stecken.

Meine Familie ist zwar dort …

… aber Jedrick auch.

Erinnerungen, die ich mit aller Kraft verdrängt habe, kommen mir mit einem Mal wieder in den Sinn. Blut an dem Messer und überall an seinen Händen. Der tote Mann auf dem Boden. Dieselben blutigen Finger um meinen Hals, die fest zudrücken und mein Leben bedrohen.

Meine Kehle verengt sich weiter und ich schnappe nach Luft.

Sie dürfen mich nicht zurückschicken. Das können sie nicht machen.

„Mira, geht es dir gut?" T'Prings Augen suchen besorgt mein Gesicht ab. „Du bist kreidebleich. Brauchst du etwas Wasser?"

Ich schüttle den Kopf und meine Stimme ist kaum mehr als ein zitterndes Flüstern. „Bitte zwing mich nicht zu gehen. Ich muss hier bleiben. Mein Ex-Mann … Er trachtet nach meinem Leben."

T'Pring ergreift meine Hände. „Bist du deshalb nach Xanthara gekommen? Um ihm zu entkommen?"

Ich nicke. „Ich kannte ihn kaum. Wir waren weniger als einen Tag verheiratet …" Ich zittere jetzt, weil ich weiß, dass

7

das für sie verrückt klingen muss, und kann meine Tränen nun wirklich nicht länger zurückhalten.

„Schhh, es ist alles in Ordnung", sagt sie, zieht mich zu sich heran und streicht mir über die Haare. „Du musst hier nicht weg. Hier bist du sicher." Für einen Moment ist sie ruhig und wirkt nachdenklich. „Vielleicht musst du auch nicht als verrückte Katzendame enden. Lass mich mit dem König und meiner Schwester, der Königin, sprechen. Vielleicht gibt es noch eine weitere Möglichkeit für dich."

KAPITEL ZWEI

BRIXUS

*D*ie *Goynalherde* tummelt sich fröhlich im hohen Gras, ohne ihr Schicksal zu erahnen.

Ich kauere mich hinter ein Gestrüpp …

Und warte.

Es sind mehr der goldenen antilopenähnlichen Kreaturen, als ich ursprünglich erwartet hatte, sicher zehn oder zwölf. Mir knurrt der Magen. Ich könnte mich jetzt gleich auf sie stürzen und sie mit meinen starken Kiefern packen.

Aber der Nervenkitzel der Jagd befriedigt mein primitives Verlangen. Die Vorfreude köchelt in meinen Adern. Ich genieße die Momente des Wartens, diese animalischen Augenblicke vor dem Riss. Sie schürt mein Drachenfeuer, jene heiße blaue Flamme, die züngelt und flackert und in meiner Brust lodert.

Ich könnte jetzt mein Feuer entfesseln, aber das würde eine ganze Herde knuspriger *Goynal* bedeuten. Der Kreislauf des Lebens schreibt vor, dass ich nur das nehme, was ich brauche.

Und außerdem … bevorzuge ich mein Fleisch roh.

Ein paar der *Goynal* bleiben stehen, schnuppern in die

Luft. Ihre Ohren zucken nervös. Ihre Blicke suchen ihre Umgebung ab, plötzlich in Alarmbereitschaft versetzt, und von ihrer ursprünglichen Naivität, die es mir erlaubte, so nah an sie heranzukommen, ist nichts mehr übrig.

Meine kräftigen Beinmuskeln beugen sich unter mir und ich justiere meine Flügel – kleinste Bewegungen, kaum merkbar. Die Zeit ist fast reif und ich bin bereit.

Ein paar weitere Kreaturen sind jetzt wachsam geworden. Sie bereiten sich darauf vor, zu flüchten …

Und ich krache durch die Bäume.

Ich weiß, was sie sehen – eine furchterregende geflügelte Bestie voller Zähne und blauer Schuppen und schierer geballter Kraft. Mein Brüllen lässt die Erde beben. Ihre Warnrufe hallen über die Gräser hinweg und sie fliehen, aber das weckt nur das Raubtier in mir.

Ich bin ein geborener Killer und sie *sollten* Angst vor mir haben.

Ich verliere mich in der Jagd und reiße zwei Antilopen auf einen Schlag. Ich verschlinge sie gierig, kaue nur kurz und verschlucke sie mehr oder weniger im Ganzen. Das stillt nicht nur meinen Hunger, denn ich habe seit einiger Zeit einen unglaublichen Heißhunger, sondern stillt auch noch etwas anderes in mir.

Das Bedürfnis, loszulassen. Eine Befreiung. Meine Drachengestalt verschafft mir die Freuden und die Fluchtmöglichkeit, die nichts anderes mir geben kann.

Sie lässt mich in meinem Drang nachgeben, mich in der Dunkelheit zu versenken, die immer wieder meinen Namen ruft. Niemand wirft einer Bestie vor, zu lange in den Schatten zu verweilen.

Als die roten Außerirdischen Rache nahmen und das Virus auf unserem Planeten freisetzten, wurde meine Seele in zwei Teile gerissen. Alle unsere Frauen wurden getötet und waren von einer Sekunde auf die andere tot. Der geschlechts-spezifische Laborvirus, den die Varghalier entwickelt hatten, hatte seinen Tribut schneller gefordert als alles, was wir uns je hätten vorstellen können.

Alle, die ich liebte, waren sofort tot. Meine Familie. Meine Freunde.

Meine Verlobte, Amarys. Meine zukünftige Gefährtin steckte gerade mitten in der Planung, da unsere bevorstehende Hochzeit weniger als ein paar Wochen entfernt war.

Ich spüre den Schmerz nicht mehr, denn mittlerweile ist ein tiefliegendes Bedürfnis nach Rache an seine Stelle getreten. Funken fliegen in mir, roh und wankelmütig, und warten darauf, entzündet zu werden. Und ich werde nicht aufgeben, bis jeder einzelne Wissenschaftler im Labor der Varghalier den Preis dafür bezahlt hat, dass mein Herz in zwei Teile gerissen wurde.

Ich brülle wieder und entfessle all die Wut, die in mir steckt. Ein Teil von mir hat Mitleid mit den Antilopen, da sie nichts getan haben, um diesen Zorn zu verdienen.

Aber das Tier in mir ist immer noch hungrig.

Die *Goynal* rennen hektisch weiter über das Gras und ich stoße mich vom Boden ab, um über sie zu gleiten. Ich packe noch eine von ihnen mit meinen scharfen Zähnen. Während ich mich hoch in die Lüfte ziehe, zerquetsche ich ihr schnell die Kehle in einem Akt der Gnade. Nur, weil ich meinen Kummer bei jedem Atemzug fühle, bedeutet das nicht, dass die Kreatur ihn auch zu fühlen braucht. Mich hält sie im Moment am Leben und dafür bin ich dankbar.

Durch meine Adern zischt blinde Wut, heiß und feurig, aber ich muss vorsichtig sein. Ich bin bereits ein Tier, aber ich kann nicht zulassen, dass ich mich in ein komplettes Monster verwandle.

Die Landschaft von Xanthara fliegt unter mir vorbei. Der

Dschungel breitet sich vor mir aus, so weit ich sehen kann, und der aquamarinblaue Ozean flankiert meine Seite ebenso wie die Berge vor mir. Einer der höchsten Gipfel ragt dort in die Höhe und in majestätischen Kreisen fliege ich hinab zum Eingang meiner Höhle.

In meinem Maul halte ich immer noch mein Abendessen, während ich auf das Wasser hinausblicke. Von meinem Aussichtspunkt aus erstreckt sich das glitzernde Meer bis weit in die Ferne. Welche Schönheit.

Aber Schönheit geht oft verloren, ganz plötzlich und ohne Vorwarnung.

Aus meiner Brust dröhnt ein tiefes Knurren. Ich schleiche mich in meine Höhle und lasse mich mit einem lauten *Hmmmpph* mitten darin nieder, wobei ich meinen Schwanz um meinen Körper lege. Bis auf mich ist die Höhle leer.

Eine Bestie braucht nicht viel.

Der Rest meines Abendessens ist köstlich, das frische Fleisch so süß und zart. Als ich fertig bin, lecke ich gewissenhaft jede einzelne meiner Klauen sauber. Ich grummle erneut, satt und zufrieden. Dann lasse ich mich auf dem kalten Steinboden nieder und schließe meine Augen. Stille umgibt mich und ich hoffe auf Frieden.

Statt Einsamkeit bringt die Stille, die mich hier umgibt, mehr Gedanken an den Verlust mit sich. So viel Tod. So viele verlorene Leben auf unserem Planeten.

Amarys' Lächeln und ihre Stimme, trällernd und süß. Sie hat es geliebt zu singen.

Wäre ich ein Mensch, würde ich jetzt meine Fäuste ballen. Doch so drücken sich meine Klauen tief in die Haut meiner Pfotenballen.

Ich werde ihren Tod rächen und den der anderen Xantharianer-Weibchen auch. Ich werde sie alle rächen. Ich werde die Wissenschaftler auseinandernehmen für das, was sie getan haben.

Ein vertrautes Summen ertönt. *Scheiße.* Mein Tele-Armband. Es liegt im hintersten Winkel meiner Höhle, genau dort, wo ich es vor wer weiß wie vielen Tagen vor meiner letzten Verwandlung abgelegt habe. Wie lange bin ich schon in meiner Drachenform?

Ich habe wirklich keine Ahnung. Vielleicht ein paar Wochen. Vielleicht länger.

Ich vergesse den Gedanken für eine Weile und meine Augen sind immer noch fest geschlossen. Es ist nur eine weitere Lärmquelle in meinem Kopf, die sich mit all der anderen Scheiße vermischt, die da drin herumwirbelt. *Verdammt!* Ich lege meine Krallen über mein Gesicht.

Hör auf. Bitte, hör einfach auf.

Das Summen geht weiter und ich öffne ein Auge einen Spalt weit. Ein gewaltiger Seufzer entweicht mir. Ich verwandle mich in meine menschliche Gestalt und stapfe durch die Höhle, um das Armband zu holen. Das Bild meines Vaters schimmert auf dem Bildschirm.

„Hallo, Vater", sage ich und nehme den Anruf entgegen. Meine Stimme klingt schroff und unnatürlich. Natürlich tut sie das. Ich habe sie schon so lange nicht mehr benutzt und ich ziehe sie so vor.

„Hallo, Brixus. Wir brauchen dich. Wann kannst du in den Palast zurückkehren?"

KAPITEL DREI

MIRA

„*M*ira? Hallo? Guten Morgen!" Das Hologramm von Artenax ist das Erste, was ich sehe, als ich es schaffe, meine Augen zu öffnen. Das silberne Droiden-ähnliche Gesicht meines persönlichen Assistenten-Bots beäugt mich in meinem Bett, während das Sonnenlicht durch die Oberlichter in meinem Zimmer hereinströmt. „Wie …", krächze ich. „Wie spät ist es?"

„Es ist noch früh", piepst Artenax mit seiner Roboterstimme, „aber ich dachte, Sie hätten vielleicht gern etwas mehr Zeit, um sich auf Ihr Frühstück mit der königlichen Familie vorzubereiten."

Oh! Das Frühstück!

„Richtig. Danke, Artenax." Ein aufgeregtes Kribbeln flattert in meinem Bauch. *Das Frühstück.* Heute lerne ich meinen neuen Gefährten kennen, wen auch immer T'Pring für mich aufgetrieben hat. Ein entfernter Verwandter der Königsfamilie, der wohl nicht in Na'Ru lebt. T'Pring hat mir eigentlich gar nicht viel über ihn erzählt – aber das macht mir nichts aus.

Stattdessen möchte ich einen Freudentanz aufführen. Es wird *großartig* werden. Er wird mein außerirdischer Gefährte sein und nur mir ganz allein gehören.

Ich werde hier auf Xanthara bleiben können, dem Planeten, der sich bereits wie mein neues Zuhause anfühlt. Natürlich vermisse ich meine Eltern und meine Schwester schrecklich, aber ich tele-kommuniziere ständig mit ihnen und vielleicht kann ich es arrangieren, dass sie mich bald besuchen kommen.

Ich werde nie wieder zur Erde zurückkehren müssen.

Ohh, das Leben ist schön!

Mit einer weiteren Welle des Glücks wird mir klar, dass ich gestern Abend auch nicht den Albtraum von Jedrick hatte. Die bösen Träume über ihn kommen und gehen, Visionen von ihm, wie er über dem toten Körper des Taxifahrers schwebt, mit einem blutigen Messer in der Hand. Das Gefühl seiner Finger um meine Kehle danach, als er mir droht, es niemandem zu sagen, weil mir ansonsten dasselbe passieren würde.

Der Schock über die ganze Sache erschüttert mich immer noch bis ins Mark und lässt mich oft in kalten Schweiß gebadet hochschrecken, zitternd und schaudernd.

Woher hätte ich wissen sollen, dass er ein Monster ist? Ich war blind, blind vor Liebe, und habe die Dunkelheit seiner wahren Natur nicht erkannt. Wir hatten uns sechs Monate zuvor auf einer Online-Dating-Website kennengelernt und uns sofort unsere Treue geschworen, obwohl wir auf gegenüberliegenden Seiten des Landes gelebt hatten. Jeden Tag hatte ich mich auf unsere Video-Chats gefreut, in denen wir uns unterhielten und lachten.

Er hatte mein Herz für sich gewonnen.

Ich glaubte, meinen Seelenverwandten gefunden zu

haben. Die Liebe meines Lebens. Alles war perfekter, als ich es mir je erhofft hatte.

Ich komme dich bald holen, hatte er gesagt. *Wir werden heiraten.*

Und so kam es auch, aber er wollte nicht auf die große Hochzeit warten, die meine Eltern planen würden. Stattdessen hatten wir bereits am nächsten Tag im Gerichtsgebäude geheiratet. Es sollte der glücklichste Tag meines Lebens werden.

Ich weiß nicht einmal, warum er den Taxifahrer nach unserer standesamtlichen Hochzeit im Gerichtsgebäude getötet hat. Sie hatten sich wegen des Fahrpreises gestritten. Und als seine blutigen Hände um meinen Hals geschlungen waren, hatte ich endlich sein wahres Ich erkannt.

Jedrick war ein Dämon, schlicht und ergreifend.

Also habe ich ihm zwischen die Beine getreten. Und dann bin ich gerannt, so schnell ich konnte, mit der Heiratsurkunde immer noch in der Hand, während der Albtraum von alldem sich tief in meine Seele einbrannte.

Unsere Ehe war nie vollzogen worden und wurde sofort annulliert. Jedrick war ins Gefängnis gegangen und verdammte mich als diejenige, die in seinen Augen für seine Inhaftierung verantwortlich war.

Wenn ich rauskomme, hat er gedroht, *werde ich dich holen.*

Wenn er tatsächlich rauskommt, weiß ich, dass er seine Drohung wahrmachen wird. Ich atme tief ein und zwinge mich dazu, diese Gedanken zu verdrängen.

„Mira, ist alles in Ordnung?", fragt Artenax und beobachtet mich genau. „Aus meiner Datenbank geht hervor, dass Ihr menschlicher Gesichtsausdruck von Besorgnis geprägt ist."

Ich lächle den Bot an. „Alles ist in Ordnung, Artenax. Ab jetzt wird alles perfekt."

Und das ist es auch! Ich habe letzte Nacht gut geschlafen, ich habe überhaupt nichts geträumt. Bald brauche ich mir um Jedrick überhaupt keine Sorgen mehr zu machen, denn mein neuer Gefährte wird mich beschützen. Ein Mensch ist kein Gegner für einen zwei Meter zwanzig großen Krieger, der sich in einen feuerspeienden Drachen verwandeln kann.

Er wäre verrückt, mich hierher zu verfolgen.

Einfach *verrückt*.

Noch mehr Freude zischt durch meine Blutbahn, als mir klar wird, dass ich nicht mehr auf der Flucht bin. Der heutige Tag ist jetzt schon absolut genial und er ist auch der Anfang vom Rest meines Lebens hier auf Xanthara. Jetzt geht es endlich aufwärts.

Ich schlüpfe aus dem Bett und gehe ins Badezimmer, um die Dusche aufzudrehen. Ein nervöses Kribbeln mischt sich unter meine Vorfreude, aber es fühlt sich trotzdem gut an. Wie wird er sein? Groß, stark und blau – natürlich. Stoisch, ganz sicher – ich muss beinahe kichern, weil sie *alle* so sind –, aber bei näherem Kennenlernen wird er gütig sein.

Ja. *Definitiv* gütig. Harte Schale, weicher Kern. Und er wird warme, fürsorgliche Augen haben, die unter der Strenge seiner Züge hervorblitzen.

Ich treffe ihn im Beisein der königlichen Familie, also muss er eine wichtige Position innehalten. Vielleicht ist er ein Berater auf einem Außenposten. Oder eine Art Botschafter. Oder vielleicht einfach nur verwandt mit der königlichen Familie.

Es ist mir egal, was er tut oder nicht tut. Er kann von mir aus ein Jojo-Plantagenbetreiber sein oder Pullover stricken oder als Hirte über die Weiden ziehen. Ich bin glücklich, solange er zu mir gehört und ich zu ihm.

Als heißer Dampf sich zu bilden beginnt, so wie ich es mag, trete ich unter den Wasserstrahl. Er streichelt meinen Körper und bahnt sich seinen Weg über meinen Rücken hinunter und über meine Vorderseite. Obwohl ich noch nie Sex hatte, stelle ich mir vor, dass die Berührung eines Liebhabers weich und sinnlich ist und mich an den richtigen Stellen massiert.

Ich habe mich schon früher berührt und ich tue es auch jetzt, indem ich meine Hand leicht meine Brust umschließen lasse und sie dann meinen Bauch hinunterbewege. Ich bin nass zwischen meinen Beinen und mein Mittelfinger reibt gemächlich an meiner empfindlichsten Stelle.

Ich atme ein, reibe noch ein bisschen weiter und wende mich dem Wasserstrahl zu. Ich stelle mir starke, muskulöse blauen Arme um mich herum vor, die mich fest umschließen. Der Duft meines Gefährten umgibt mich. Werden seine Finger mir die gleiche Freude bereiten?

Meine eigenen fühlen sich gut an, aber ich bin sicher, seine wären noch besser. Und ich will es auch, dass wir uns gegenseitig berühren. Ich wollte es mit Jedrick, bevor ich sah, wozu er fähig ist. Aber danach konnte ich den Gedanken nicht ertragen, dass die Hände eines Mörders sich auf mich legten.

Mit einem sanftmütigen Partner hingegen – einem ehrenwerten Partner –, würde ich gerne experimentieren. Meine Befreiung kommt schnell und ich schnappe nach Luft und zittere ein wenig vor Vergnügen. Schnell seife ich meinen Körper ein und wasche mir die Haare mit dem lecker riechenden Zitronenshampoo, das ich mittlerweile so mag.

Ich will nicht zu spät kommen, also trockne ich mich ab, föhne mein Haar zu weichen, glänzenden Locken und ziehe ein leuchtend sonnengelbes Sommerkleid an.

Meine Gedanken überschlagen sich in meinem Kopf und

ich träume von einer aufwendigen, wunderschönen Hoch-
zeitszeremonie mit mir in dem Prinzessinnenkleid, von dem
ich immer geträumt habe. Ich sinniere über eine Hochzeits-
nacht, in der ich in den Armen meines Gefährten liege und
nicht allein in der Dunkelheit weine. Und später kommen
unsere Kinder, ja, viele Kinder will ich auch.

Ich kann es kaum erwarten, meinen neuen Gefährten
kennenzulernen.

Während ich mich im Spiegel anlächle, kneife ich mir in
die Wangen – auch wenn sie noch etwas gerötet sind und es
wahrscheinlich nicht nötig haben – und trage einen Hauch
von Lippenstift auf.

Ich bin bereit für ihn.

KAPITEL VIER

MIRA

*A*lle sitzen bereits im großen Speisesaal, als ich ankomme …

Alle bis auf *er*.

Ich suche den Raum erneut ab, nur um sicherzugehen, aber da ist kein mysteriöser Xantharianer. Meine Vorfreude steigert sich ins Unermessliche. Wo ist er?

König Aurelian sitzt an der Spitze der Tafel, Königin Ariadne an seiner Seite. Der König nickt mir freundlich zu, während die Königin hell strahlt und mich leise begrüßt.

Kat und Piper stehen sofort auf, um mich mit überschwänglichen Umarmungen und Küssen willkommen zu heißen. Ich bin froh, dass meine Freundinnen hier sind – mir ist plötzlich schwindlig und ich bin nervös. Umso schöner ist es, dass sie mir in diesem Moment beistehen.

„Da ist ein Platz mit deinem Namen darauf, gleich hier", sagt Kat, ihr goldenes Haar wild und ungezähmt, während sie mich in einen Stuhl mit hoher Lehne in der Nähe der Monarchen führt. Daneben ist ein weiterer Platz frei.

Kat grinst, wackelt mit ihren Augenbrauen und setzt sich neben ihren Gefährten, Prinz Danax. Ihre Hand wandert sofort zu ihrem Bauch – sie ist bereits schwanger. Das stoische Kriegergesicht von Danax wird etwas weicher und er streichelt ihr mit seinen rauen Fingern sanft über die Wange.

Von seiner Brust geht ein leises Knurren aus. *Meins*, so scheint er zu sagen.

Ich himmle die beiden an und lächle, während ich mich auf die Kante meines Stuhls setze. Er ist so groß, angemessen für riesige Xantharianer, aber meine Füße baumeln über dem Boden in der Luft.

Orang-Utan-Bots schlurfen zwischen uns umher und gießen Schwarzwurzeltee in ausgefallene Tassen. „Danke", sage ich zu einem der Bots, der daraufhin einen Piepton abgibt und weiterzieht, um Danax zu bedienen. Ich nehme einen Schluck, entscheide mich, ihn pur zu trinken, ohne Zucker oder Sahne, und die Tasse zittert ein wenig in meinem Griff.

Mein Blick wandert zu dem leeren Platz neben mir. Ich atme tief durch und nehme noch einen Schluck, obwohl ich sicher bin, dass das Koffein nichts gegen meine Nervosität ausrichten kann.

Hat er auch beschlossen, dass ich ungeeignet für ihn bin?

Nein. Nein, hat er nicht. *Wage es nicht, so etwas zu denken!*

Aber mir entgehen auch die fragenden Blicke nicht, die die anderen Anwesenden untereinander austauschen. Mein mysteriöser Gefährte sollte hier sein, aber er ist es nicht.

Piper zwinkert mir von ihrem Platz neben Prinz Manu aus zu. Obwohl er wie ein Krieger gebaut ist, ist Manu überhaupt nicht der typisch grüblerische Xantharianer. Er schenkt mir sein charakteristisches Playboy-Grinsen, das, mit dem er ganz sicher Piper von sich überzeugt hat. „Er sollte bald hier sein", sagt er in seiner lockeren Art und nickt zu dem leeren Platz.

„Richtig. Jeden Augenblick ist es so weit", fügt Piper fröhlich hinzu.

Ich nicke. *Okay.* Sie wollen mich aufmuntern, aber ich merke, dass sie den Wahrheitsgehalt ihrer Aussagen infrage stellen. Besorgtere Blicke werden zwischen den Mitgliedern der königlichen Familie ausgetauscht. König Aurelian sieht finster auf das Display seines Tele-Armbandes.

„Äh, … wie waren die Flitterwochen?", fragt Danax Piper und Manu und unterbricht den unangenehmen Moment der Stille.

Piper stürzt sich aufgeregt auf die Frage und freut sich über die Gelegenheit, alles zu erzählen. Die beiden beschlossen, auf eine schicke Hochzeit zu verzichten, und sind durchgebrannt – haben in einem angesagten Kasino in Tir'na Rax geheiratet, nur so zum Spaß – und Piper schmückt ihre Erzählungen über ihre ausschweifenden Abenteuer in der zwielichtigen Stadt nach allen Regeln der Kunst aus.

Es macht mir überhaupt nichts aus. Zu hören, wie glücklich sie sind, lässt mir das Herz aufgehen.

Ich bin verzaubert von den Liebesgeschichten der anwesenden Paare – vor allem von der König Aurelians und Königin Ariadnes. Ich kann nicht anders, als zuzusehen, wie die Königin den König anbetend anlächelt, alle vier Hände liebevoll auf seine gelegt, ihr schönes herzförmiges Gesicht zu ihm geneigt.

Ihre varghalischen Gesichtszüge erinnern mich jedoch daran, wie bittersüß ihre Geschichte ist – König Aurelians Drache hatte sie auserwählt. Indem er sie ihrem Ehemann stahl, hatte er die Rache der roten Außerirdischen auf sich gezogen, das Virus, das für den Tod aller weiblichen Xantharianer auf dem Planeten verantwortlich war.

Sie jetzt zusammen zu sehen, zeigt mir jedoch, dass die

Liebe tatsächlich blind ist. Und ich kann es bezeugen, da ich selbst einmal blind war.

Die beiden sind eindeutig füreinander bestimmt, genau wie die anderen königlichen Paare im Raum. Mein Blick huscht noch einmal zu dem leeren Platz neben mir. Königin Ariadne bemerkt das und greift nach meiner Hand, um sie zu drücken.

„Er kommt nicht, oder?", flüstere ich.

„I-Ich weiß es nicht", sagt sie leise und wendet sich erwartungsvoll Aurelian zu. Der König sagt nichts, aber seine Lippen ziehen sich zu einer dünnen Linie zusammen.

Piper erzählt immer noch von ihren Flitterwochen und gestikuliert jetzt wild mit aufgeregten Händen. Ich versuche, mich auf ihre Freude zu konzentrieren, sie aufzunehmen und sie in meinem eigenen Herzen zu spüren.

Doch plötzlich verstummt sie und schließt abrupt ihren Mund. Ihre Augen reißt sie stattdessen weit auf. Ich folge ihrem Blick wie alle anderen im Raum.

Ein riesiger, eindrucksvoller blauer Xantharianer-Krieger steht am Eingang zum Speisesaal. Sein dunkles Haar reicht bis zu seinen Schultern und ein Bart bedeckt sein Gesicht. Unter einem schwarzen, ärmellosen Shirt und einer schwarzen Hose im Militärstil wölben sich die Muskeln, aber es ist nicht seine Kleidung, die ihn in diesem eleganten Raum so deutlich hervorstechen lässt.

Es sind seine Augen. Sie sind tiefblau und in ihnen tobt ein wildes Feuer, entfacht von etwas Rohem und Ungezähmtem. Kaum gezähmte Kraft geht von ihm aus. Sein Blick trifft meinen.

Er ist das Raubtier und ich bin seine Beute.

Angst überkommt mich und ich sauge einen scharfen Atemzug ein. Meine Teetasse zittert in meinen Händen, die heiße Flüssigkeit schwappt über den Rand, und ich schaffe es gerade noch, sie abzusetzen.

Nein.

Nein, nein, nein ...

Das hier muss ein schrecklicher, schrecklicher Irrtum sein.

KAPITEL FÜNF

MIRA

König Aurelian steht auf und drückt seinem Sohn die Schulter. „Brixus, wie schön, dass du es geschafft hast." Er nickt mir zu. „Ich möchte, dass du Mira kennenlernst. Das Gedeck neben ihr ist für dich."

Brixus.

Panik meldet sich flatternd in meinem Bauch und ich zwinge mich dazu, zu atmen. Mein Blick wandert zu meinen Händen in meinem Schoß. Sie wollen doch nicht, dass ich mich mit ihm paare. Das *können* sie nicht denken.

Nicht in einer Million Lichtjahren habe ich damit gerechnet. Ich hatte von Prinz Brixus gehört und ihn sogar kurz aus der Ferne bei der Hochzeit von Kat und Danax gesehen, aber Gerüchten zufolge ist er völlig verrückt geworden.

Hat den Verstand verloren, als seine Verlobte starb. Hat dem Palast den Rücken gekehrt und seither halb verwildert im Dschungel gelebt. Nicht ein einziges Mal habe ich daran gedacht, dass er der Gefährte sein könnte, den sie für mich im Sinn hatten.

Sie wollen mich der Bestie zum Fraß vorwerfen.

Nicht nur Brixus ist verrückt, *sie* müssen es auch sein.

Ich spüre, dass er mich beobachtet, und ich kann nicht anders, als wieder zu ihm aufzublicken. Sein Blick trifft meinen und die eisigen Flammen darin lodern heiß. Mein Herz pocht und obwohl ich wegsehen möchte, kann ich es aus irgendeinem Grund nicht.

Ich bin in seinem Blick gefangen.

Wie auf Stichwort bewegt er sich wie ein Panther auf mich zu, muskulös, sehnig und mit kampferprobtem Körper. Er ist seltsam schön mit diesen sinnlichen Lippen unter seinem Bart und den hohen Wangenknochen auf seinem rauen Gesicht. Seine definierten Muskeln lockern und spannen sich an, während er auf mich zukommt.

Aber er ist ein Monster.

Ich habe das Gefühl, als würde ich vom Regen in die Traufe kommen.

Er nimmt neben mir Platz und seine Anwesenheit erfüllt den Raum sofort mit seiner Energie. Hitze strömt aus seinem Körper. Alle beobachten uns, während ich mich frage, ob der Stuhl unter ihm zusammenbrechen wird.

„Hallo." Seine Stimme ist tief und rau, kaum mehr als ein Knurren. „Ich bin Brixus."

„H-Hallo." Mein Blick huscht zurück in meinen Schoß. Mein Herz klopft weiter wie verrückt.

König Aurelian klatscht in die Hände, um den Beginn des Frühstücks anzukündigen, und Primaten-Bots schwärmen in den Speisesaal. Sie tragen Teller mit allen möglichen Früh-stücksartikeln – Gebäck und Fleisch, Früchte und Eiergerichte. Bald sind wir alle von den piepsenden Dienern umgeben und der Raum schwirrt vor Geschwätz und Freude über das Essen.

Ein Schimpansen-Bot zwängt sich zwischen mich und Brixus, kichert vor Aufregung und bietet uns eine große Auswahl an Würsten und Aufschnitt an. Mein Magen ist ein einziger Knoten und ich habe absolut keinen Appetit – ich konzentriere mich einfach nur darauf zu atmen –, aber ich bin dankbar für die Ablenkung.

Ich weiß nicht, was ich zu Brixus sagen soll. Eigentlich will ich *überhaupt nichts* zu ihm sagen. Mein Instinkt sagt mir, dass ich abhauen soll, rennen soll, soweit mich meine Füße tragen. Wenn ich nur dieses Frühstück überstehen und dann in mein Zimmer fliehen kann …

Ja. Ich schaffe das.

„Du zuerst", knurrt Brixus und beobachtet mich über den Teller des Schimpansen-Bots hinweg. Ich bin mir nicht sicher, was er lieber fressen würde, … mich oder das Fleisch. „Bitte."

„Oh!" Meine Stimme kommt quietschend heraus. Ich entscheide mich für ein paar Würstchen und lege sie schnell auf meinen Teller.

Atmen. Einfach atmen.

Er füllt seinen Teller mit Fleisch und sonst nichts. Er ist ein Fleischfresser.

Ein Raubtier.

Das Blut rauscht durch meine Adern. Meine innere Panik breitet sich weiter aus. In meiner Kehle steckt etwas, eine Art riesiger Klumpen, und mein Mund ist unglaublich trocken geworden.

Ich greife nach meiner Teetasse, führe sie wackelig an meine Lippen.

Brixus spiegelt meine Bewegung, indem er nach seinem eigenen Tee greift. In seiner riesigen Hand wirkt die zierliche Tasse lächerlich klein. Seine Finger winden sich um sie, rau und schwielig.

Die Hände eines Kriegers.

Die eines Mörders?

Für einen Moment sind sie mit Blut bedeckt. Hell und rot, tropfen alles an.

Jetzt packt mich meine Panik noch viel heftiger. Ich zittere jetzt so stark, dass ich kaum noch meine Tasse halten kann. Sie fällt auf den Tisch, zerbricht und ihr Inhalt ergießt sich über die weiße Tischdecke.

Alle Augen sind auf mich gerichtet und ich stehe auf. „Es tut mir leid", presse ich hervor.

Und dann fliehe ich.

KAPITEL SECHS

BRIXUS

eine innere Bestie poltert, als Mira aus dem Raum läuft. Ich hatte nicht erwartet, dass das Menschenweibchen so schön sein würde. Eisblondes Haar bis zur Taille. Rosa Wangen. Große blaue Augen.

Aber das spielt keine Rolle.

„Sie hat Angst vor mir." Frustration rasselt in meiner Stimme. Ich stelle meine Tasse fester ab, als ich wollte, und zerschlage sie fast auf ihrer Untertasse.

Verdammt. Blöde Teetasse. Wer zum Teufel hat beschlossen, jemals so etwas Kleines und Filigranes herzustellen?

Niemand sagt ein Wort. Blicke werden ausgetauscht, der Mund von Königin Ariadne formt ein winzig kleines Herz und die Falten auf dem Gesicht meines Vaters scheinen sich zu vertiefen. Die einzigen Geräusche im Raum kommen von den piepsenden Bots, die eifrig daran arbeiten, den verschütteten Tee vom Tisch aufzuwischen.

„Ich sollte nach Mira sehen", sagt Piper und erhebt sich, aber Kat greift nach ihrem Arm.

„Gib ihr ein paar Minuten", schlägt Kat vor. „Dann gehen wir gemeinsam."

Piper nickt und setzt sich wieder hin, während alle ihr Schweigen fortsetzen. Eine beklemmende Stille legt sich über den Raum.

Niemand will ansprechen, was aus mir geworden ist.

Mein Drache rumpelt wieder. Ich verspüre ein Brennen unter meiner Haut, heiß und flüchtig. „Du hast mich aufgefordert, herzukommen, also so bin ich gekommen", sage ich und richte meine Worte an meinen Vater. „Möchte ich hier sein? Nein. Aber hier bin ich, bereit, meine Pflicht zu tun, und sie hat *Todesangst* vor mir."

Meine Stimme ist schroff und klingt wütend, aber derjenige, auf den ich wütend bin, bin ich selbst. Natürlich hat sie Angst vor mir. Ich habe mich von meiner besten Seite gezeigt – na ja, ich habe es zumindest versucht, aber ich bin auch kein Idiot.

Ich weiß, was sie in mir sieht.

Ich hätte nicht herkommen sollen. Das wusste ich von Anfang an. Aber als mein Vater, der König, mich fragte, ob ich meine Pflicht für unseren krisengeschüttelten Planeten erfüllen würde, wie konnte ich da Nein sagen?

„Das wird schon", sagt der König. „Wir sind dankbar für deine Bemühungen, mein Sohn. Ein gesundes Menschenweibchen, das sich nicht mit einem von uns paart, wäre eine Schande, besonders, da Xanthara so dringend Neugeborene braucht."

Ich habe nicht gefragt, warum niemand sonst sie als seine Gefährtin beansprucht hat. Das macht keinen Unterschied. Es ist meine Pflicht und sonst nichts. Ich werde für sie sorgen, dafür sorgen, dass all ihre Bedürfnisse erfüllt werden, aber wir werden nur dem Namen nach Gefährten sein.

Mein Herz ist tot und mehr habe ich ihr nicht anzubieten.

Ich stehe abrupt auf, die Hände an den Seiten zusammengeballt, und möchte plötzlich all das hinter mich bringen.

„Gut. Bereitet alles vor", sage ich zu meinem Vater und der Königin. „Holt den Priester. Lasst uns die Paarungszeremonie im Tempel abhalten."

„Oh!" Königin Ariadne klatscht in die Hände und errötet vor Aufregung. „Wunderbar! Sollen wir für die Feier gleich morgen abhalten?"

„Nein." Nicht morgen.

Jetzt.

„In einer Stunde."

KAPITEL SIEBEN

MIRA

*N*achdem ich zweimal durch den gesamten Schlossgarten marschiert bin, zittere ich nicht mehr, meine Gedanken sind klarer und ich kriege endlich wieder Luft.

Aber weder die frische Luft noch die vielen Blumen oder die süßen kleinen grünen Vögel, die um mich herumflattern und ihr Lied für mich zwitschern, können meine Situation verbessern.

Ich sitze fest. Ich kann auf keinen Fall zur Erde zurückkehren. Und wenn ich hier bleibe …

Werde ich mit einem *Barbaren* verpaart.

Einige der kleinen Vögel lassen sich auf einem nahe gelegenen Ast nieder und neigen neugierig ihre Köpfchen.

„Er ist … Er ist …", stottere ich und gestikuliere wild mit meinen Händen. „Er ist ein Höhlenmensch!"

Ein gewaltiger Atemzug strömt aus meinen Lungen.

Großartig. Jetzt spreche ich schon mit Vögeln.

Aber es scheint sie nicht zu stören und es ist wahr. Brixus ist ein Rohling. Er ist riesig und kraftvoll. Er könnte meinen

Körper zerquetschen – mit Leichtigkeit. Allein seine Nähe macht mir Angst, lässt alle meine Sinne verrücktspielen.

Meine einzige andere Möglichkeit ist es, hier im Palast zu bleiben und allein zu sein. Piper und Kat sind zwar hier, aber sie haben ihre Gefährten. Ich hingegen wäre allein, ohne Aussicht auf eine eigene Familie.

Ein Anflug von Heimweh erfüllt mich und ich wünsche mir mehr als alles andere, dass ich zur Erde zurückkehren könnte. Ich vermisse meine Eltern und meine kleine Schwester. Am meisten vermisse ich die Zeit, in der ich nur wenige Sorgen hatte und in der ich voller Vorfreude von meiner Zukunft und meinem Hochzeitstag träumte.

Doch diese Zeiten sind vorbei. Ich pflücke eine große gelbe Blume von einem Strauch, stecke sie hinter mein Ohr und sammle Sonnenstrahlen auf meiner Haut, wo auch immer sie mir ins Gesicht scheinen.

Als ich auf mein Tele-Armband sehe, hebt sich meine Stimmungsaufhellung – es ist gerade kurz nach dem Abendessen für meine Eltern auf der Erde und die perfekte Zeit, sie anzurufen.

Es klingelt nur wenige Male, bevor das glückliche Gesicht meiner Mutter in dem Hologramm erscheint. „Liebling!", ruft sie aus. „Jim, beeil dich!", ruft sie über ihre Schulter. „Es ist Mira!"

Im Hintergrund höre ich das Geräusch klappernden Geschirrs und mein Vater taucht bald neben ihr in dem Hologramm auf. Hinter ihnen blinzelt meine zwölfjährige kleine Schwester Shelby hervor. Als ich ihre Gesichter sehe, freue ich mich noch mehr und bin froh, die Entscheidung getroffen zu haben, sie anzurufen.

„Hey, Mom und Dad! Hi, Shelby!"

Ein paar Minuten lang gibt es nichts als aufgeregtes Geplauder unter uns allen, während jeder versucht, sich zu

Wort zu melden. Meine Familie und ich haben uns immer nahegestanden und sie verstehen, warum ich hier bin – sie wissen, dass ich wegmusste, so weit weg wie möglich.

Wir reden, wie wir es immer tun, aber ich kann nicht umhin, ein komisches Gefühl zu bekommen. Sie sehen sich ständig an. Eine leichte Spannung liegt zwischen ihnen, als ob sie mir etwas verheimlichen.

„Ist alles in Ordnung?", frage ich schließlich.

Sie tauschen einen weiteren unbehaglichen Blick aus, bevor mein Vater meiner Mutter verhalten zunickt.

„Shelby, Schatz", sagt meine Mutter, „könntest du bitte schnell den Hund ausführen? In einer Stunde wird es dunkel."

Meine Schwester murrt, aber sie hüpft weg und lässt meine Eltern auf dem Holo zurück.

„Wir waren uns nicht sicher, ob wir es dir sagen sollten", beginnt mein Vater vorsichtig, aber sofort fühle ich mich unwohl.

„Mach dir keine Sorgen, Schatz. Es gibt keinen Grund zur Aufregung." Meine Mutter presst ihre Lippen zu einer dünnen Linie zusammen, so wie sie es tut, wenn sie versucht, sich nicht anmerken zu lassen, dass sie sich Sorgen macht. „Aber … wir haben gerade etwas erfahren."

Mein Herz klopft bereits viel zu schnell. Das klingt ja immer schlimmer. „Okay. Was ist los?"

„Wir haben gehört" – meine Mutter hält inne, mit noch dünneren Lippen – „dass Jedrick in ein anderes Gefängnis verlegt wird."

Jedrick?

Verlegt?

„Wohin?" Die vertraute Panik setzt ein. „Und warum?"

„Nun, Mira", unterbricht mein Vater, „wie deine Mutter sagt, es gibt keinen Grund, nervös zu sein. Sie machen diese Transfers die ganze Zeit und sie sind vollkommen sicher. Die

Gefängnisse auf der Erde werden zu voll und sie haben die Häftlinge in die neuen intergalaktischen Weltraumgefängnisse geschickt, um dieses Problem der Überbelegung zu lösen."

Meine Mutter nickt so heftig, dass ich das Gefühl habe, ihr Kopf könnte sich jeden Moment von ihrem Körper lösen. „Sie sind dabei äußerst routiniert", sagt sie. „Es gibt keine Sicherheitslücken. Die Chance, dass irgendetwas schiefgeht, ist fast gleich null."

„*Null*", bekräftigt mein Vater. Er lächelt, aber es hat etwas sehr Erzwungenes an sich.

Meine Intuition meldet sich mit einem Ziehen tief in meinem Bauch. Irgendetwas stimmt nicht. Meine Eltern tauschen erneut Blicke aus und diesmal kann ich meine Besorgnis nicht mehr verdrängen.

Anspannung macht sich in mir breit. „In welches Gefängnis wird er verlegt?"

„Nun …" Mein Vater hält kurz inne. „Das ist das Interessante daran. Es ist das RXC12-Gefängnis. Eine Raumstation unweit des Cerebus-Gürtels."

Mein Herz setzt einen Schlag aus und ein Keuchen entweicht aus meinem Mund. „Das ist –"

„Direkt außerhalb des Luftraums von Xanthara." Mein Vater fährt sich mit den Händen durch den Bart, eine nervöse Angewohnheit, die er seit meiner Kindheit hat.

Meine Mutter klopft ihm auf den Arm und schenkt mir ein verzerrtes Lächeln. Es ist klar, dass meine Eltern über diese Situation besorgt sind, obwohl sie ihr Bestes tun, um es zu verbergen.

„Das Seltsame ist, dass Jedrick darum gebeten hat, dorthin versetzt zu werden", sagt meine Mutter. „Der Antrag liegt in seiner Akte."

Mein Vater wirft ihr einen scharfen Blick zu und ich habe

das Gefühl, dass sie diesen Teil überhaupt nicht hätte erwähnen dürfen. Ich wünschte fast, sie hätte es mir nicht gesagt.

Er hat darum gebeten, dorthin versetzt zu werden.

In meine Nähe.

So nahe, wie er mir nur kommen kann.

„Keine Sorge, Liebling, er sitzt eine lange, lange Strafe ab und außerdem, mit deinem neuen Xantharianer-Gefährten, der dich beschützen wird …" Die Stimme meiner Mutter erreicht mein Gehirn, aber ich höre ihr längst nicht mehr zu.

Mein Herz pumpt wie verrückt. Ich kann kaum noch atmen. Ein großer Kloß steckt in meiner Kehle, aber egal, wie oft ich schlucke, er rührt sich nicht.

Die Panik wächst in meinem Inneren und entfaltet ihre Ranken, bis sie mich fest im Griff hat.

Der Teufel wird direkt vor meiner Tür stehen …

Und das ändert absolut *alles*.

KAPITEL ACHT

BRIXUS

Shallor steht neben mir und fühlt sich sichtlich unwohl, während ich am Tempelaltar warte. Der königliche Berater ist nicht glücklich darüber, dass er als Zeuge der Hochzeit hereingezerrt wurde, aber ich wollte nicht, dass jemand aus meiner Familie anwesend ist.

Das hier ist nicht im Geringsten wie die Hochzeit, die Amarys und ich geplant hatten. Eine mit unseren beiden Familien, Freunden und einer ganzen Reihe von Gästen. Eine Feier der Liebe und Einheit.

Nein. Dies ist eine Zweckgemeinschaft. Eine Verbindung der Pflicht. Sie hat einen Zweck und es hat keinen Sinn, daraus mehr zu machen, als es ist.

Mein Drache rumpelt vor Ungeduld. Wo ist sie? Mein Blick bewegt sich zum millionsten Mal zur Tür. Meine Bestie schlängelt sich unter meiner Haut. Sie ist unruhig. Unzufrieden. Erregung durchströmt mich.

„Mein Prinz, soll ich nachsehen, wie die, … äh, … Lage ist?", fragt Shallor. „Vielleicht ist sie …"

„Nein." Entweder sie kommt oder sie kommt nicht.

Und wenn sie es nicht tut ... Nun, dann ist es vielleicht besser so.

Der Priester wartet geduldig hinter dem Altar, der Einzige von uns, der ruhig ist. Er kratzt sich an der Nase, weiße Haare bilden einen wilden Heiligenschein um seinen Kopf. Er faltet seine Hände zusammen und blickt gelassen in die dunklen Ecken des Tempels, in die Teile, die das flackernde Kerzenlicht nicht berührt.

Es vergehen noch zehn Minuten. Zwanzig. Shallor verlagert sein Gewicht von einem Fuß auf den anderen, während der Priester weiterhin ruhig steht.

Mein Drache windet sich unbehaglich in seinen Ketten. Es ist schon eine Weile her, dass ich so viel Zeit in meiner Menschengestalt verbracht habe.

Warte. Nur noch ein bisschen länger.

Aber ich weiß nicht, wie lange ich noch durchhalte. Ich glaube nicht, dass sie kommen wird.

Sie hat schreckliche Angst vor der Bestie in mir und ich kann es ihr nicht verübeln.

Ein Knurren poltert aus meiner Brust, gefolgt von einem großen Ausatmen. „Shallor, du kannst gehen. Ich glaube nicht, dass das heute noch etwas wird."

„Es tut mir leid, mein Prinz." Shallor nickt. „Wie ich bereits erwähnt habe, kann ich nachsehen gehen ..."

Shallors Worte werden durch das Öffnen der schweren Steintür unterbrochen. Sonnenlicht strömt herein ...

Und dann tritt Mira ein, wird angestrahlt von dem gleißenden goldenen Licht.

Sie ist hier.

Sie steht still da, von dem warmen Licht geschmückt. Ihr weißblondes Haar scheint zu strahlen. Ihr gelbes Kleid passt zu der Blume, die sie trägt, und sie ist wirkt selbst wie eine kleine strahlende Sonne.

Mein Drache bäumt sich unter meiner Haut auf, aber diesmal nicht aus Verärgerung. Er windet sich und zappelt, als ob er durch ihre Ankunft irgendwie besänftigt würde. Sie ist wie eine zarte Porzellanpuppe, ohne scharfe Kanten oder raue Härte.

„Komm her, mein Kind", sagt der Priester.

Sie kommt auf mich zu und ich kann meine Augen nicht von ihr lassen. Sie steht zwar nicht länger im Sonnenlicht, aber ein natürlicher Glanz umgibt sie. Vielleicht ist es die Art, wie die Kerzen ihr Gesicht erhellen …

Vielleicht ist es aber auch sie.

Wieder meldet sich meine innere Bestie. Diesmal ist es Zufriedenheit. Genugtuung.

Und … Begehren.

Ein Urtrieb erwacht mit einer Heftigkeit in mir zum Leben, die mich beinahe ins Schwanken bringt. Ich verspüre ein plötzliches Bedürfnis, dieses kleine Menschenweibchen zu beschützen. Ein Bedürfnis, sie zu nehmen, sie als mein Eigentum zu beanspruchen. Es überrascht mich und ich beruhige mich, suche ihren Blick und sehe sie an, während meine zukünftige Gefährtin auf mich zukommt.

Reiß dich zusammen.

Doch meine Bestie rebelliert weiter, kommt dicht an die Oberfläche und löst eine feurige Vorfreude in mir aus. Ich knurre und bin verunsichert über diese heftigen, unerwarteten Emotionen, die mein Drache plötzlich hervorruft.

Mira bleibt stehen. Zittert sie? Bin ich so furchterregend, dass sie nicht näher kommen will?

Ich wollte nicht knurren, schon gar nicht so laut, dass sie es hört oder dass es ihr Angst macht.

Scheiße. Meine Erfolgsbilanz war heute nicht gerade beeindruckend.

Ihre hellblauen Augen sind weit aufgerissen. Ihre Lippen

teilen sich leicht. Eine weitere Welle des Begehrens überrollt mich, aber ich schaffe es, dieses innere Beben für mich zu behalten.

Ich will nicht, dass sie wieder vor mir flieht.

Was kann ich tun? Sollte ich etwas sagen? Jedes Mal, wenn ich den Mund aufmache, scheint es alles nur noch schlimmer zu machen. „Komm", sage ich schließlich und das Wort kommt etwas rau und kehlig heraus. „Ich verspreche, … ich werde dir nicht wehtun."

Sie nickt. Kommt näher. Bald steht sie an meiner Seite und ich schaue auf mein winziges Menschenweibchen hinab. Neben mir sieht sie aus wie ein Zwerg. Sie wendet ihren Blick ab, richtet ihn nach unten, konzentriert sich auf ihre Füße. Mein innerer Drache summt, ein tiefes, surrendes Geräusch, wie ich es noch nie zuvor erlebt habe.

Ihre Blume fällt auf den Boden und ich greife danach, bevor ich sie ihr vorsichtig hinter ihr Ohr stecke.

Das lässt sie noch heller strahlen. Lässt sie leuchten wie den hellsten Stern.

„Willkommen", sagt der Priester. Er nickt uns beiden zu und öffnet einen großen Wälzer.

Mein Drache meldet sich wieder und sehnt sich danach, sie zu berühren. Er möchte die Zartheit ihrer Haut spüren. Aus einem Impuls heraus greife ich nach ihren beiden Händen.

Sie zittern – *sie* zittert.

Schließlich blickt sie zu mir auf. Da ist Angst in ihren Augen, aber auch Entschlossenheit. Mut schimmert mir durch das helle Blau entgegen.

Der Priester spricht weiter, aber ich weiß nicht, was er sagt. Mein Blick verlässt nie Miras Gesicht. Ich soll irgendwelche Dinge sagen und ich höre, wie die Worte meinen

Mund verlassen, aber ich merke kaum, was ich da eigentlich rede. Erst als ihre süße Stimme meine Ohren erfüllt, höre ich etwas – mein Drache summt wieder.

KAPITEL NEUN

MIRA

Der Pfotenballen von Brixus' Pranke ist weicher, als ich ihn bei einem Drachen erwartet hätte. Die sicherste Stelle scheint in der Mitte zu sein, meine Beine an die Brust gestemmt, den Körper eng zusammengerollt, während wir durch die Luft sausen. Wir fliegen schneller, als ich es je für möglich gehalten hätte, und es gibt nichts, woran ich mich festhalten könnte, außer vielleicht die Krallen, die einen Käfig um mich herum bilden.

Ich bin gefangen in den Klauen der Bestie.

Ich habe die Bestie *geheiratet.*

Oh, was habe ich getan?

Mein Blick huscht zu dem Ring, den ich jetzt trage, und ein Schauder läuft mir über den Rücken. Myriaden von Emotionen brausen wie ein Tornado schnell und kraftvoll durch meinen Körper.

Ich habe den Weg gewählt, der am sinnvollsten war. Was geschehen ist, ist geschehen, und ich kann es jetzt nicht mehr rückgängig machen.

Die freien Flächen zwischen seinen einzelnen Krallen ermöglichen mir einen Blick auf die Landschaft, und die

Regenwälder von Xanthara sausen unter uns in einem verschwommenen Teppich von Grüntönen dahin. Unser Flug ist wunderschön und ich habe so etwas noch nie erlebt, aber alles, woran ich denken kann, ist die Brixus' Hitze, die mich umgibt. Die Stärke seiner Flügel, wie sie die Luft durchschneiden. Die Kraft und das Feuer, die von ihm ausgehen und heftige Schwingungen in meinem Körper verursachen.

Er ist wahrlich eine unzerstörbare Naturgewalt. Ein wilder Gigant. Ohne nachzudenken, fahre ich meine Finger über seine Haut – an der Oberfläche ist sie rau und schwielig, darunter spüre ich weiches, warmes Fleisch.

Ein furchterregend schönes Monster. Ich bin fasziniert und empfinde große Ehrfurcht vor ihm und doch lähmt mich meine Angst.

Und jetzt bringt er mich weg, weit weg von Na'Ru und weit weg von meinen Freundinnen. Weit weg von allem Vertrauten und Tröstlichen, das ich in Xanthara kennengelernt habe. Ich bin sicher, dass wir irgendwo tief in den Dschungel fliegen werden, und ich weiß nicht, ob ich Kat oder Piper oder meine Familie je wieder sehen werde.

Meine Dämme drohen zu brechen, aber ich blinzle die Tränen tapfer weg.

Ich muss stark sein.

Es geschieht alles so schnell, geschieht so plötzlich, fühlt sich an, als würde ich mitten in der Nacht von einem Entführer weggestohlen werden. Aber es war meine Entscheidung. Jetzt muss ich das Beste daraus machen, einen Schritt nach dem anderen setzen und die Dinge eines nach dem anderen lösen.

Ich kann es mir nicht erlauben, Angst zu haben.

Sobald ich diesen Gedanken mutig in die Welt hinausgeschickt habe, erschüttert das wilde Geräusch von Brixus' Brüllen alles um mich herum. Es ist laut und kraftvoll und erschüttert mich tief in meinem Innersten. Ich lege mein Gesicht gegen den fließenden Stoff meines gelben Sommerkleides, das ich noch von heute Morgen trage.

Das, in dem ich geheiratet habe.

Träume meiner Wunschhochzeit huschen mir durch den Kopf. Ein wunderschönes weißes Kleid. Die glücklichen Gesichter meiner Familie und Freunde. Ein zärtlicher Gefährte, der mich aufrichtig liebt.

Doch das alles entgleitet mir, wird in den Wind gestoßen, zerfetzt von der Kraft von Brixus' Flügelschlägen.

Er brüllt wieder und ich mache mich in meinem Käfig aus Klauen noch kleiner. Meinen Tränen lasse ich endlich freien Lauf, ich halte nichts zurück und es ist mir auch egal, dass sie meine Wangen benetzen und über mein Kleid tropfen.

Schließlich, in einer Welle der Erschöpfung, rolle ich mich auf die Seite und schließe die Augen in der Hoffnung, dass ich ein wenig schlafen kann.

KAPITEL ZEHN

BRIXUS

*I*ch schnelle in einem Steigflug hoch in den Himmel empor, meine Flügel pumpen kräftig, meine starken und gleichmäßigen Stöße lassen mich durch die Luft gleiten. Der Dschungel breitet sich unter mir aus und ich warte einen Moment, … dann noch einen …

Und dann lasse ich mich fallen.

Meine Flügel legen sich ruckartig an meine Seiten und ich stürze in die Tiefe, falle wie ein Stein. Der Boden rast mir entgegen. Erst in letzter Sekunde beginnt sich mein Körper zu drehen, kreiselt in einer Spirale abwärts, bevor ich mich erneut nach oben stoße.

Meine Crew begleitet mich auf diesem Ritt – elf xantharianische Drachen in präziser Keilformation. Wir haben dieses Flugmanöver eine Million Mal durchgeführt, haben jede Bewegung perfektioniert. Unsere Flügel schlagen laut im Einklang, fast so, als wären wir eins.

Monate intensiven Trainings haben uns zu einer gut geölten Kampfmaschine gemacht. Eine gemeinsame Motivation treibt uns an, treibt uns an den Rand und glüht heiß in unseren Adern.

Jeder von uns hat eine Gefährtin an die roten Außerirdischen verloren.

Ein lautes Brüllen bricht aus meiner Brust hervor, das von elf Drachen hinter mir in gleicher Intensität beantwortet wird. Zwei meiner Krieger schießen vorwärts, um an meine Seiten zu fliegen. Weitere folgen ihnen. Bald fliegen wir alle in einer Linie, alle zusammen, eine mächtige, vereinte Front.

Bald sind wir bereit, die zu rächen, die wir geliebt und verloren haben.

Bald.

Wir haben nur eine einzige Chance, die varghalischen Wissenschaftler anzugreifen und zu töten, und wir dürfen es nicht vermasseln. Alles muss laufen wie geschmiert.

Wir dürfen es nicht vermasseln.

Ich lasse mich wieder fallen, kippe und falle seitlich ab, die Flügel fest an meine Seiten gelegt. Meine Bewegungen erfolgen synchron mit denen von sechs meiner Drachenkrieger, während die andere Hälfte in die entgegengesetzte Richtung abschwenkt. Ein schneller Flügelschlag lässt mich über das Blätterdach des Dschungels gleiten, bevor ich mich wieder den anderen anschließe. Ströme von blauem Drachenfeuer schießen aus meinem Maul und die anderen tun es mir gleich – schon bald lodert vor uns eine Wand aus eisblauem Feuer, heiß wie der verdammte Hades.

Über der Brandmauer erscheint ein elegantes Hovercraft, das größer ist als die, die für den Stadtreiseverkehr verwendet werden.

Das ist mein Cousin, Aric.

Macht mit den Bodenübungen weiter, sende ich Ravi telepathisch meinen Befehl.

Mein Stellvertreter brüllt zustimmend und steuert auf das Trainingsareal zu. Ich folge ihm nach unten, lande hart auf dem dreckigen Boden, verwandle mich und ziehe schnell meine Kleidung an, die noch immer dort liegt, wo ich sie zuvor abgelegt habe.

Arics Hovercraft landet sanfter und wenige Augenblicke später öffnet sich die Rampe zum Frachtraum. Aric steht in der Mitte, ganz in Schwarz.

Er senkt die Rampe ab, während Grunzlaute und Schreie die Luft erfüllen. Ravi hat die Jungs bereits zusammengetrommelt und führt sie durch Nahkampfübungen in ihrer menschlichen Gestalt. Die Crew kämpft mit Kraft und Geschick, jeder für sich ein übler Gegner.

Zusammen sind wir unbesiegbar.

Unzerstörbar.

Wir müssen es sein, denn wir haben keine Ahnung, wie wir am Ende gegen die Varghalier kämpfen werden. Alle Kampfformen sind denkbar. Unser Zeitfenster wird klein sein und wir werden die Gelegenheit beim Schopf packen müssen.

Aufspüren und zerstören. In dieser Mission ist kein Platz für Schwäche oder Unentschlossenheit.

Und jetzt fügen wir dank Arics Hilfe das letzte Element hinzu, das wir brauchen, um den Angriff zu starten.

„Brixus." Wir schütteln uns die Hände, ein Hauch eines Grinsens auf seinem starken Gesicht.

„Cousin."

Ich habe Aric immer gemocht. Hätte ein griechischer Gott und eine Xantharianerin gefickt und ein Kind mit ihr gezeugt, dann wäre er das Ergebnis, aber er war nie ein Arschloch oder überheblich, was sein Aussehen angeht. Wir sind im Palast zusammen aufgewachsen, aber irgendwann beschloss er, uns den Rücken zu kehren. Ist nach Tir'na Rax gezogen, eine Stadt etwa drei Tagesflüge von Na'Ru entfernt und viel schäbiger und zwielichtiger.

„Ich hätte nicht gedacht, dass du heute Morgen

ausfliegen würdest", sagt Aric mit fragendem Blick. „Ein Vögelchen hat mir gezwitschert, dass du eine neue Gefährtin hast."

Ich knurre. Verdammtes Vögelchen. Ich weiß nicht genau, wer es war, aber ich tippe auf Ravi. Er ist damit beschäftigt, mit Morg zu kämpfen, weshalb er den bösen Blick nicht registriert, den ich ihm zuwerfe.

Schließlich zucke ich mit den Achseln. „Ja. Aber ich bin hier."

Und soweit ich weiß, liegt Mira immer noch im Bett im Bungalow. Sie hat tief und fest geschlafen, als wir gestern Abend dort angekommen sind, also habe ich sie einfach ins Bett gebracht. Und das Verlangen und Drängen meines Drachen ignoriert, sie von hinten zu besteigen, aufzuwecken und offiziell zu meiner Gefährtin zu machen.

Stattdessen habe ich den Kampf mit meiner Bestie gewonnen und bin in meine Höhle geflohen. Und heute Morgen, als ich vor dem Training bei ihr vorbeigeflogen bin, um Essen und andere Vorräte abzuliefern, schlief sie immer noch.

Ihr goldenes Haar über die Kissen drapiert. Ihre pinken Lippen leicht geöffnet, ihr Atem langsam und tief.

Mein Drache poltert bei dem Gedanken an sie und ich zwinge ihn zur Ruhe. Schluss mit diesem Rumoren, wann immer sie in der Nähe ist. Ich habe mehr an sie gedacht, als ich sollte, und das muss aufhören.

Es ist meine Pflicht. Sonst nichts. Doch ein Teil meiner Pflicht ist es, mich mit ihr zu paaren, und der Gedanke daran lässt meinen Drachen sich immer wieder vor Begierde aufbäumen.

Verdammt!

Ich weiß nicht, was in ihn gefahren ist.

Oder in *mich*.

„Sollen wir die Lieferung prüfen?", fragt Aric und kommt gleich zur Sache.

„Ja." Ich stoße einen Seufzer der Erleichterung aus. Endlich etwas, das mich von dem kleinen Menschen in meinem Bett ablenkt. „Machen wir das."

Aric pfeift und löst damit hektisches Getümmel im Inneren des seines Hovercrafts aus. Außerirdische, die an Gnome erinnern, eilen mit großen Kisten die Rampe hinunter und stapeln die Waren im Dreck. Aric öffnet eine der Kisten und gibt den Blick auf einen Stapel schwarzer Plasmablaster frei.

Er schnappt sich eine der Waffen und reicht sie mir. Ich halte sie in der Hand, drehe sie in alle Richtungen. Sie ist schön. Nicht zu schwer. Nicht zu groß.

Perfekt, um sie inkognito zu tragen, und noch perfekter, wenn sie ihren Zweck erfüllt.

„Neueste Pico-Plasma-Technologie, die nachweislich das varghalische Exoskelett durchdringt", sagt er, als ob er meine Gedanken lesen könnte.

„Bist du dir da ganz sicher?"

„Hundertprozentig. Labortests wurden bereits an einem varghalischen Panzer durchgeführt."

Ich nicke und mache mir nicht die Mühe zu fragen, wie sie an das Exoskelett gekommen sind. Ich will es eigentlich gar nicht wissen. Bis jetzt waren wir gegen die Varghalier in ihren Tierformen – ihre roten Außenskelette haben sich als resistent gegen Drachenfeuer erwiesen – völlig hilflos.

Aber mit diesen neuen Waffen …

Ist alles möglich. Wir sind auf alles vorbereitet, egal, was passiert.

Rachedurst mischt sich unter meine Vorfreude.

„Komm schon", sagt Aric und grinst. „Lass uns diese Bad Boys testen gehen."

KAPITEL ELF

MIRA

*I*ch erwache, als mir das Sonnenlicht ins Gesicht scheint, und muss richtig dringend pinkeln.

Es dauert keine Sekunde, bis mir klar wird, dass ich mich in einem fremden Haus befinde und in dem wahrscheinlich bequemsten Bett liege, in dem ich je geschlafen habe.

Und ich bin allein. Ganz zu schweigen davon, dass ich immer noch das gelbe Kleid trage.

Anstatt liegenzubleiben und zu faulenzen oder mich zu fragen, wo zum Teufel mein nagelneuer Gefährte ist, springe ich aus dem Bett. Das Schlafzimmer ist klein und führt in einen Flur und meine Füße tapsen weich über den Bodenbelag aus Jute. Ich presse meine Beine zusammen, – meine Blase protestiert eindringlich – und gehe an einem kleinen Wohn- und Essbereich vorbei. Alles in der Hütte ist einfach und ein wenig rustikal, und für eine Sekunde überkommt mich eine Panik.

Hier muss es doch ein …

Oh! Ein Seufzer der Erleichterung kommt mir über die Lippen. *Das Badezimmer!*

Es ist winzig, aber es ist alles da, was man braucht, und

nach meiner Morgentoilette und einer kurzen Dusche schlendere ich mit einem Handtuch um den Körper gewickelt wieder durch die Hütte. Alles ist dekoriert mit Gegenständen aus dem Ozean – Möbel aus Treibholz, ein Korb mit Muscheln, eine hübsche Muschelschale auf dem Tisch. Große Fenster bieten einen wunderschönen Blick auf das Meer und eine Brise weht einen Hauch von salziger Luft herein. Eine kleine Küche ist in einer Ecke versteckt.

Schlicht und doch schön.

Ich wusste nicht, dass Brixus am Meer lebt. Ich war gestern so aufgewühlt, dass ich nicht einmal daran dachte zu fragen.

Aber wo *ist* mein Gefährte? Ein kurzer Blick ins Schlafzimmer ergibt, dass das Bett nur auf meiner Seite zerknittert ist.

Er hat letzte Nacht nicht bei mir geschlafen.

Ein paar Augenblicke lang betrachte ich die Beweise vor meinen Augen. Ich sollte mich glücklich und erleichtert fühlen, dankbar dafür, dass mein brutaler Barbarenmann mich nicht geweckt, auf das Bett geworfen und sofort für sich beansprucht hat.

Aber …

Ich beiße mir auf die Lippe.

Warum hat er es nicht getan? Ich war mir sicher, dass ich gestern Abend meine Jungfräulichkeit verlieren würde. Und wenn er nicht hier übernachtet hat, wo war er dann?

Heute Abend … Ja, heute Abend wird es ganz sicher geschehen. Ein Kribbeln läuft mir über die Wirbelsäule hinunter und überrascht mich. Seine Augen glühen in meinem Kopf, brennen hell, wild und ungezähmt – und furchteinflößend.

Wie wird der Sex mit ihm sein? Wird er mir mein Kleid

herunterreißen wie in den Liebesromanen, die ich früher auf der Erde gelesen habe?

Ein weiteres Kribbeln durchfährt mich, gleich unerwartet wie das erste, aber gleichzeitig ziemlich aufregend. Mein Herz klopft in meiner Brust, während sich in meinem Bauch eine nervöse Energie ausbreitet.

Er macht mir Angst – mehr als ich mir je erwartet hätte –, aber er hat etwas an sich, eine dunkle Faszination, die mich in seinen Bann zieht.

T'Pring hat mir ein Abschiedsgeschenk mitgegeben – für *erotische Momente*, hatte sie es mit einem Augenzwinkern genannt – und ich suche es in meinem Gepäck. Es ist verpackt in eine hübsche lilafarbene Schachtel mit einer Schleife und als ich hineinschaue, entdecke ich mehrere verschiedenfarbige Flaschen. Sie sind alle beschriftet – Erdbeer-Massageöl … Gleitmittel … Heilsalbe für danach …

Ein Stückchen Spitze ist auch darin versteckt und als ich es aus der Schachtel ziehe, stelle ich fest, dass es ein sexy Höschen ist. Und da unten ist noch etwas …

Ein Paar pinke Handschellen.

Hitze strömt mir über die Wangen. „Handschellen?", quietsche ich laut. Scharf keuchend lasse ich sie zurück in die Kiste fallen. Die Öle und der Rest sind okay, aber die Handschellen? Ich habe keine Ahnung, was ich mit denen machen soll.

„Zurück in den Schrank mit dir!" Meine Wangen brennen noch heißer, als ich T'Prings Geschenk in die hinterste Ecke schiebe. „Zumindest vorerst."

Ich suche mir ein Outfit zusammen – ein hellblaues Kleid mit Spaghetti-Trägern, das mich sehr an das Meer erinnert, und ein Paar Sandalen. Mit knurrendem Magen gehe ich in die Küche und entdecke, dass dort allen möglichen frischen Lebensmittel bereitliegen. Auf der Theke stehen ein Korb mit tropischen Früchten, daneben ein Dutzend Eier und frisches Brot. Etwas Käse und Wurst.

Nachdem ich ein wenig Wasser getrunken und eine ungewöhnliche sternförmige grüne Frucht ausgewählt habe, deren leuchtend rosa Saft über meine Finger tropft und mir köstlich auf der Zunge zergeht, trete ich nach draußen in die Sonne.

Das Häuschen liegt am Rande des Dschungels in einer Bucht, direkt an einem hellvioletten Sandstrand. Eine Formation großer Felsbrocken ragt in den Ozean hinaus, gefolgt von einem wunderschönen Strand. Gegenüber der Bucht liegt eine kleine Insel und hinter mir erblicke ich die Strohdächer der anderen Hütten, die fast nicht zu erkennen sind in dem dichten Dschungel.

Ich würde gerne wissen, wer meine Nachbarn sind, aber der Ruf des Strandes ist in diesem Moment stärker. Also ziehe ich meine Sandalen aus und betrete den Sand. Er ist warm und weich und meine Füße sinken bei jedem Schritt tief ein. Sanfte Wellen umspielen den Strand und als ich ein paar Schritte in das Wasser mache, ist es wärmer, als ich gedacht hätte.

Eine Bewegung drüben auf den großen Felsen fällt mir ins Auge. Ein Spritzer Wasser und dann noch einer. Etwas, das aussieht wie ein schimmernder Schwanz, schlenkert über das Aquamarinblau. Ich bleibe wie angewurzelt stehen.

Eine Sirene?

Ich habe bisher noch nie eine zu Gesicht bekommen, nur in Geschichten von ihnen gehört. Ich sehe ganz genau hin in der Hoffnung, einen weiteren Blick auf sie zu erhaschen, aber es regt sich nichts mehr. Nachdem ich einige Minuten reglos und still abgewartet habe, gehe ich langsam näher heran und klettere dann hoch, um mich auf die Spitze eines der Felsen zu setzen.

Vielleicht, wenn ich sehr, sehr leise bin …

Noch immer nichts.

Schließlich frage ich mich, ob ich es mir nur eingebildet habe. Das Wasser umspült mich und um mich tummelt sich das wilde Leben der Natur – kleine orangefarbene Krabben, die hin und her huschen, und Tümpel, die mit leuchtend blauvioletten Meeresblumen übersät sind. Winzige goldene Fische flitzen zwischen den Felsen hin und her.

Plötzlich grollt ein tiefes Dröhnen durch die Luft und ich schrecke aus meiner stillen Einsamkeit hoch. *Das* habe ich mir ganz sicher nicht eingebildet habe. In der Ferne erhebt sich eine Gruppe kleiner blauer Punkte über die Baumkronen. Drachen. Es sind etwa ein Dutzend von ihnen, die in einer engen militärischen Formation fliegen.

Sie bewegen sich mit Präzision bei hoher Geschwindigkeit und drehen und wenden sich mit solcher Perfektion, dass es mir fast den Atem raubt. Es wirkt wie ein großer Drache aus vielen winzigen Bestandteilen, die alle im Einklang miteinander agieren.

Eine Dringlichkeit liegt in ihren Bewegungen, als ob sie alle dasselbe Bedürfnis teilen, das sie antreibt. Etwas daran vermittelt mir das Gefühl von Gefahr, von Macht und Feuer, von einem größeren, zügellosen Verlangen.

Ein Drache führt sie alle an.

In meinem Magen regt sich ein seltsames Gefühl.

Ist einer von ihnen Brixus? Ich kann es aus der Entfernung nicht sagen, aber meine Intuition sagt mir, dass es so sein muss. Mein Gefährte ist dort oben mit den anderen Drachen.

Was tun sie?

Ich schlinge meine Arme um meine Knie, während die Drachen weiterhin synchron fliegen. Dann richte ich meine Aufmerksamkeit wieder auf den Ozean in der Hoffnung, dass er mein Gefühl des Unbehagens beschwichtigen kann. Ich befinde mich an einem neuen Ort, an dem seltsame Drachen um mich herumschwirren und noch seltsamere Dinge vor sich gehen. Mein neuer Gefährte hat mich an meinem ersten Tag hier mehr oder weniger allein gelassen.

Ein weiterer kleiner Spritzer nahe dem äußersten Rand der Felsen erregt meine Aufmerksamkeit. Unter dem strahlenden Blau des Meeres schwebt ein Schatten und diesmal kann ich ihn deutlich erkennen. Eine weibliche Gestalt mit langen, wallenden dunklen Haaren und einer schimmernden Schwanzflosse.

Sei tapfer.

Die klare und reine Stimme spricht in Gedanken zu mir, fast wie ein lieblicher Gesang, und ich weiß, dass ich mir das tatsächlich nicht eingebildet habe.

Ich lehne mich nach vorne, um besser sehen zu können, in der Hoffnung, dass die Sirene weiter mit mir spricht. Sie gleitet unter der Wasseroberfläche entlang und ihre Haare schweben um sie herum. Sie schwimmt mit nacktem Oberkörper, ihre Brüste üppig und straff, und ihr Oberkörper verläuft graziös in ihre schmalen Hüften, die nahtlos in ihren glatten Schwanz übergehen.

„Hallo?" Ich weiß nicht, was ich sagen soll, und versuche den Gedanken in meinen Kopf zu kriegen, dass gerade mit einer Meerjungfrau spreche. „Wie heißt du?"

Ein Plätschern mit ihrer Schwanzflosse ist ihre einzige Reaktion, bevor sie unter der Oberfläche davonzischt. Ich sitze ein paar Minuten lang da und bin ganz aus dem Häuschen vor Aufregung und Freude. Ich hoffe, dass sie zurückkommt, aber mein Gefühl sagt mir, dass sie längst weg ist – zumindest vorerst.

„Danke", sage ich leise und spiele ihre Botschaft noch einmal in meinem Kopf ab, während das Brüllen der Drachen über den Bäumen des Dschungels noch lauter wird.

KAPITEL ZWÖLF

MIRA

*N*icht mehr als ein paar Meter von der Haustür der Hütte entfernt verläuft ein schmaler Pfad durch den Dschungel. Ich sehe keinen anderen Weg in den dichten Regenwald hinein und er scheint in die richtige Richtung zu führen, also gehe ich darauf entlang.

Es gibt für mich keine bessere Möglichkeit herauszufinden, was es mit den Drachen und meinem Gefährten auf sich hat, als direkt an der Quelle nach Antworten zu suchen.

In dem dichten Dschungel ist es heiß und unglaublich feucht, so anders als die kühle Brise, die ich noch vor Kurzem am Strand genossen habe. Vögel mit Gefieder in den Farben des Regenbogens und knallroten Schnäbeln krächzen mich von den überhängenden Bäumen aus an und pelzige purpurrote, Faultieren ähnliche Wesen hängen von Ästen und drehen langsam ihre Köpfe, um mich zu beobachten.

Männerstimmen ertönen durch die Bäume – grunzen, knurren und schreien – und schon bald verlasse ich den Wald und betrete eine Lichtung. Es scheint eine Art Übungsfeld zu sein, auf dem sich wild aussehende Xantharianer gegenseitig die Scheiße aus dem Leib prügeln.

Einige ringen ohne Waffen, während andere Schwerter verwenden – manche sind aus Metall, andere scheinen zu leuchten. Das Klirren des Stahls und das Zischen der Energieklingen erfüllt die Luft, während die Xantharianer gegeneinander kämpfen wie die Irren. Ihre Gesichter und Körper verschwimmen miteinander – man sieht nur noch verzerrte Gesichter und entblößte Zähne – und bei der schieren Brutalität der Szene vor mir klappt mein Mund auf.

Ich verstehe nicht viel vom Kämpfen, aber die Stärke, die Kraft dieser Männer ist unvorstellbar. Ich stehe wie zur Salzsäule erstarrt da und empfinde sowohl Ehrfurcht als auch eine tief liegende Angst vor dem, was ich sehe.

Diese wilden Blicke und brutalen Kämpfe – sind sie Barbaren.

Sie alle.

Ich möchte mich umdrehen und sofort wieder nach Hause laufen, aber ich zwinge mich dazu, innezuhalten. Und zu atmen. Ich bin hierhergekommen, um Brixus zu finden und zu erfahren, was hier vor sich geht. Wegzulaufen wird mir nicht helfen.

Sei tapfer, hat die Sirene gesagt.

Ich atme noch einmal tief durch, richte meine Schultern auf und sehe in die grimmigen Gesichter jedes einzelnen der Krieger. Keiner von ihnen ist mein Gefährte.

Wo ist er?

Mein Blick landet auf einem eleganten silbernen Raumschiff in der Nähe. Braune Außerirdische sausen um davor gestapelte Kisten herum und sind damit beschäftigt, die Fracht zu einer Reihe von Gebäuden zu transportieren, die teilweise von Bäumen versteckt sind.

Ich gehe an den Kriegern vorbei und weiche den neugierigen Blicken der gnomartigen Außerirdischen aus, während ich eine Schleife um das Schiff drehe, bevor ich auf das erste

Gebäude zusteuere. Je näher ich komme, desto deutlicher kann ich Schüsse hören. Als ich einen Blick um die Ecke des Gebäudes werfe, entdecke ich einen Schießstand.

Und Brixus.

Er steht mit einem anderen Krieger dort, von mir abgewandt, und seine Waffe feuert strahlend rote Lichtimpulse ab. Er trägt kein Oberteil und die kräftigen Muskeln auf seinem Rücken tanzen bei jedem Schuss, während er eine Reihe von Zielen abknallt.

„Bri-Brixus?" Meine Stimme klingt so leise unter all dem Plasmafeuer. Ich sage seinen Namen noch einmal, diesmal lauter. „Brixus?"

Scheinbar hört er mich doch, denn er dreht sich um, die Hände an seiner Waffe und die Haare wild und zerzaust. Er schwitzt am ganzen Körper. Und seine Augen – in ihnen lodert wie immer ein Feuer.

Ich kann nicht anders, als zu keuchen, und spüre, wie mir die Knie weich werden.

Ich habe ihn noch nie oben ohne gesehen und jetzt werde ich mit seinem prächtigen Oberkörper konfrontiert. Seine Vorderseite ist genauso spektakulär wie sein Rücken. Mein Blick tastet seine breiten Schultern und seine straffen und starken Brustmuskeln ab. Seinen steinharten Waschbrettbauch. Die Stelle, an der sich seine Hüften zu einem V verengen, das in seinen tief heruntergezogenen Militärhosen verschwindet. Der Mann neben ihm ist selbst schon ein großer Xantharianer, aber Brixus stellt ihn in den Schatten.

Mein Gefährte ist wirklich ein Biest, und ein wunderschönes noch dazu.

Außerdem jagt er mir eine Heidenangst ein.

Ein Teil von mir will abhauen und weit, weit weglaufen, während der andere meine Hände auf seine Brust legen will. Ich will sie über seine Haut gleiten lassen und seinen harten

Körper spüren. Ich habe noch nie jemanden gesehen, der so stark und so durchtrainiert ist.

„Mira." Er drückt seinem Kameraden die Waffe in die Hand und kommt auf mich zu. Es hat den Anschein, als wolle er mich zu sich ziehen, doch dann bleibt er stehen und sieht mich mit seinem grimmigen Blick an „Du bist hier." Die Intensität in seinen Augen wird unmerklich sanfter.

„J-ja. Ich bin aufgewacht und … du warst nicht da."

Sein Kiefer spannt sich an und die Muskeln in seinem Nacken zucken. Die Erhebungen entlang seiner Wangenknochen faszinieren mich. „Nein", sagt er schließlich, seine Stimme schroff. „Das war ich nicht." Er hält inne. „Komm. Ich stelle dir meinen Cousin vor."

Cousin Aric ist glatt rasiert, gut gekleidet und sieht überhaupt nicht aus wie Brixus. Er kommt bei den Frauen bestimmt gut an, aber ich schenke ihm kaum Beachtung, abgesehen von ein paar freundlichen Worten, als wir einander vorgestellt werden.

„Brixus." Ich deute auf die Waffen in den Händen seines Cousins. „Was hat das alles zu bedeuten? Und die Männer dort drüben, wer sind sie?"

Brixus und Aric tauschen einen Blick aus. Der Gesichtsausdruck von Aric sagt so etwas wie *Du hast es ihr noch nicht gesagt?*

Brixus sagt auch jetzt nichts und stattdessen huscht sein Blick zum Schießstand hinüber. Ein paar wenige Ziele sind noch nicht zerlöchert und sie haben vier Arme anstelle von zwei – eindeutig Varghalier.

Mein Gefährte hat geübt, rote Außerirdische in die Luft zu jagen. Warum sollte er das tun? Die Varghalier und die Xantharianer führen keinen Krieg.

Ich starre ihn ratlos an, während sein Kiefer sich

verkrampft und seine Hände sich an seinen Seiten zu Fäusten ballen.

„Brixus, wirklich … Was tut ihr hier?"

Es folgt eine weitere lange Pause und je länger sie anhält, desto bedeutungsträchtiger wird sie.

Schließlich nickt er. „In Ordnung. Vielleicht ist es an der Zeit, dass du es erfährst."

KAPITEL DREIZEHN

MIRA

*D*as Abendessen ist schon seit Stunden fertig.

Ich halte es auf dem Herd warm, der Tisch ist für zwei Personen gedeckt und ich habe eine Flasche Weißwein kaltgestellt. Ich habe sogar einen Krug Rumpunsch gemacht, meinen Lieblingscocktail.

Die einzige Sache – oder Person, besser gesagt –, die fehlt, ist Brixus.

Es ist schon seit Stunden dunkel draußen und ich rechne seit Stunden damit, dass er zurückkommt. Er kann doch nicht immer noch mit seiner Crew trainieren?

Das Bild der wilden, brutalen Krieger geht mir nicht mehr aus dem Kopf. Das Geklirre der Schwerter. Die roten Feuerimpulse der Plasmablaster.

Ich kann immer noch die Schatten sehen, die sich auf Brixus' Gesicht ausgebreitet haben, als er mir von ihren Racheplänen erzählt hat.

Das kann nicht gut enden. Wie kann er das nicht sehen? Blutvergießen wird immer zu noch mehr Blutvergießen führen.

Aber jetzt, wo er es mir gesagt hat, ergibt das alles so viel mehr Sinn. Sein Plan ist der Grund, warum er den Palast verlassen hat und hier draußen mitten im Nirgendwo lebt, in dieser kleinen Kommune, die er und seine Drachen gegründet haben, um täglich miteinander zu trainieren.

Ich wünschte, ich könnte ihn davon überzeugen, einen anderen Weg zu wählen, aber ich habe das Gefühl, er würde nie auf mich hören.

Mein Blick huscht zur Eingangstür der Hütte, als sich die Tür öffnet und Brixus' riesige Gestalt die Türöffnung ausfüllt. Er trägt ein Shirt, anders als vorhin, aber sein Haar ist immer noch zerzaust und wild.

Und das Feuer, das in seinen Augen brennt, ist genauso heiß.

Jedes Mal, wenn ich ihn sehe, verschlägt mir seine raue, makellose Schönheit den Atem. Sein Duft umgibt mich – er riecht nach Mann, Schweiß und köstlichem, würzigem Moschus.

„Ähm, … hallo." Ich wende meinen Blick ab und lehne mich mit einer Hüfte gegen die Tischkante. Ich bin mir nicht wirklich sicher, was ich tun oder sagen soll, hier in unserem gemeinsamen Haus. Das ist alles so neu, so anders.

„Hallo, kleine Gefährtin." Seine Stimme ist schroff, aber nicht unfreundlich. Er zieht seine Stiefel aus und lässt sie bei der Tür stehen, geht dann barfuß quer durch die Hütte und legt ein paar Gegenstände auf einen kleinen Tisch.

Er steht ganz drüben am anderen Ende des Raumes, aber die Temperatur in der Hütte ist bereits um eine Million Grad gestiegen. Mein Puls wird schneller.

„Ich habe Abendessen gemacht." Ich schaue auf und lächle ihn an, während mir flau im Magen wird. „Und einen besonderen Cocktail."

„Wirklich?" Er scheint überrascht zu sein. Dann überlegt

er, während sein feuriger Blick meinen erwidert. „Es riecht gut."

Das Glück sprudelt in mir hoch. „Ja, … ich habe es warm gehalten. Ich wusste nicht, wann du nach Hause kommst."

Oder ob du jemals nach Hause kommen würdest.

„Danke." Er hält inne und steht immer noch am anderen Ende des Zimmers. Er wirkt, als ob er gerne rüberkommen würde, es aber aus irgendeinem Grund nicht tun kann.

Soll ich hinübergehen, um ihn zu begrüßen? Soll ich … ihn umarmen? Ihn berühren? Ich weiß nicht, welche Erwartungen er an mich hat.

Der Gedanke, mich in die Arme dieser Bestie zu begeben, ist erregend und erschreckend gleichzeitig. Mein Herz pumpt schneller und ich atme tief ein.

Ich darf nicht vergessen zu atmen!

„Ich weiß das Essen zu schätzen, … aber ich habe schon gegessen."

Oh. Ich fühle, wie mir vor Enttäuschung das Gesicht entgleist. „Ähm, … das ist okay. Ich habe vorhin auch schon ein wenig davon gegessen. Ich war –"

„Natürlich. Es ist schon spät. Du solltest immer essen, wenn du hungrig bist." Er macht ein paar Schritte in meine Richtung, bleibt stehen und streichelt abwesend über das Holz einer Stuhllehne. „Hast du hier alles, was du brauchst? Genug Kleidung? Äh, … Frauen-Vorräte?" Er scheint sich unwohl zu fühlen und wirkt fast entsetzt darüber, dass er das tatsächlich gerade gefragt hat. „Wir bekommen regelmäßig Lieferungen aus Na'Ru und ich kann dafür sorgen, dass du alles Nötige erhältst."

„Ja. Danke." Meine Worte kommen knapp heraus, auch wenn ich es nicht so meine – aber ich bin tatsächlich irgendwie verärgert über die Sache mit dem Abendessen.

Unglücklicherweise glaube ich, Brixus ist sich dessen nicht bewusst.

„Gut. Ich gehe jetzt duschen."

Er verschwindet den Flur hinunter und einen Augenblick später höre ich das Wasser in der Dusche laufen. Ich schnaube und versuche, nicht daran zu denken, wie sein nackter Körper dort drinnen aussieht, und beschäftige mich damit, etwas von der Cocktailmischung in ein Glas zu gießen. Nach einem kurzen Moment des Zögerns schenke ich ein zweites Glas ein.

Als Brixus ohne Shirt und nur mit einer locker sitzenden schwarzen Leinenhose, die tief an seinen Hüften hängt, auftaucht, gehen meine Nerven mit mir durch. Er wirkt so deplatziert, so riesig und wuchtig in diesem winzigen Bungalow.

Ich stehe unbeholfen in der Küche und halte ihm das Glas hin. „Möchtest du einen Rumpunsch?"

Er sagt nichts, sondern pirscht sich einfach mit der Leichtigkeit und Verstohlenheit eines Raubtiers an mich heran. Ich atme tief ein und mir zittern die Hände, als er das Glas von mir nimmt.

„Danke." Es ist ein leises Rumpeln, eines, das tief aus seiner Kehle kommt.

Ich bin wieder von seinem Duft umgeben – von diesem herrlichen Moschus, der sein natürlicher Geruch zu sein scheint, zusammen mit einem frischen Hauch von Kräuterseife. Für mich duftet er jetzt genauso gut wie vorhin, als er zur Tür hereingekommen ist.

In seinen Augen lodert wieder dieses Feuer, aber jetzt schimmert noch etwas anderes darin. Lust. Ich mag eine Jungfrau sein, aber ich erkenne die Lust, die von ihm ausgeht, seine Hitze.

Er nimmt einen Schluck von seinem Drink, als in meinem

Bauch Schmetterlinge zu flattern beginnen. Zwischen meinen Beinen erwacht ein pulsierendes Verlangen. Meine Hand zittert ein wenig, als ich mein eigenes Glas an meine Lippen führe und die wunderbar süße Flüssigkeit in meinen Mund fließen lasse.

Ohne nachzudenken, lege ich eine Hand auf seine wuchtige blaue Brust. Seine Brustmuskeln sind so hart, so prächtig, … und ich lasse meine Finger darüber wandern. Meine Brustwarzen ziehen sich zusammen und ich zittere verhalten.

Brixus knurrt laut und schnappt sich mit einer schnellen Bewegung mein Glas und stellt es zusammen mit seinem eigenen beiseite. Sie stürzen ins Waschbecken und kurz darauf höre ich ein Klirren.

Er zieht mich zu sich, seine Lippen legen sich auf meine und ich vergesse alles andere um uns herum. Sein heißer Mund ist aggressiv. Dominierend. Seine Zunge begehrt Einlass in meinen Mund und ich lasse sie gewähren und folge dem Rhythmus, den er vorgibt.

„Mira." Seine Stimme ist tief und kehlig und das Verlangen darin unüberhörbar. Er hebt mich mit Leichtigkeit hoch und setzt mich auf die Theke, dann legt sich sein Mund wieder auf meinen und zeigt mir Dinge, die ich noch nie zuvor empfunden habe.

Heiße Funken fliegen zwischen uns und mein Blut pumpt in einem gleichmäßigen Rhythmus in meinen Adern. Seine Gegenwart vereinnahmt mich, ungezähmt und völlig von Trieben beherrscht. Ich spüre seine Bestie unter der Oberfläche, die sich danach sehnt, befreit zu werden, und meine Erregung nur noch verstärkt.

Ich bin klatschnass zwischen meinen Beinen. Seine Hand bewegt sich zu meiner Brust, kneift mir leicht in meine Brustwarze und ich überrasche mich fast selbst ein wenig, als ich vor Vergnügen nach Luft schnappe.

Ein weiteres Knurren grollt in seiner Kehle. Er spreizt meine Beine und das Feuer in seinen Augen tanzt jetzt lichterloh. Er gleitet geschmeidig zwischen meine Schenkel, was ich ihm mit seinem riesigen Körper gar nicht zugetraut hätte …

Und dann spüre ich ihn. Den Umriss seines Schwanzes. Er steckt in seiner Hose, drückt sich gegen mich, und er ist … riesig. Ich starre ihn an und vergesse beinahe zu atmen. Ich zittere vorfreudig und vor Verlangen, weil ich ihn so sehr will und doch nicht weiß, wie in aller Welt sein Schwanz jemals in mich hineinpassen soll.

Er fasst mir unter mein Kleid und seine Finger gleiten über die Spitze des schicken Slips, den T'Pring mir geschenkt hat. Er reibt meine Klitoris und seine schwieligen Finger üben den perfekten Druck aus – durchaus fest und doch sanft.

„Oh!", rufe ich und bebe vor Vergnügen.

Er schiebt mein Kleid hoch und legt das lila Höschen frei, das seinen leidenschaftlichen Blick zwischen meine Beinen lenkt. „Du bist so verdammt feucht", knurrt er.

Als ich selbst nach unten schaue, wird mir klar, dass er recht hat. Der violette Stoff ist von meinen Säften durchtränkt. Er reibt wieder an meiner Klitoris und ich winde mich und möchte, dass er mir das Höschen auszieht und weitermacht.

Er könnte mich verletzen. Mich töten. Mich mit seinen bloßen Händen zerquetschen. Ein Schwall von Emotionen strömt durch meinen Körper, aber das Verlangen nach ihm siegt über alles. Ich bin der Bestie in ihren Klauen ausgeliefert, aber ich will das hier. Ich weiß, dass er mir nie wehtun wird. „Brixus …", keuche ich.

In seinen Augen flackert jetzt ein feuriger Tanz der Leidenschaft und ich spüre, dass sein Biest ganz nahe unter der Oberfläche lauert. Ein weiteres grollendes Geräusch sagt mir, wie sehr er mich begehrt, und er bestätigt es, indem er seine Finger unter mein Höschen schiebt und es mir mit einer schnellen Bewegung vom Leib reißt. Ich starre überrascht auf den Tanga, bevor er ihn beiseite wirft.

Jetzt bin ich völlig vor ihm entblößt und meine Nässe glitzert an meinen Oberschenkeln. Und ich kann mein Verlangen nach ihm nicht mehr kontrollieren. Ich beginne zu zittern, noch mehr als schon zuvor.

Ein bestürzter Blick durchzieht sein Gesicht. Er beißt sich auf den Kiefer und weicht einen Schritt von mir zurück. Er schüttelt den Kopf, als Verwirrung und Schmerz sich über seine grimmigen Züge legen.

Ich kann ihn nur anstarren, ohne zu verstehen, wovon er spricht.

„Du hast Angst vor mir."

„I-Ich …"

„Ich mache dir Angst, nicht wahr?" Er ballt seine Hände an den Seiten zusammen und entfernt sich noch weiter von mir. „Du zitterst am ganzen Körper."

Ja, aber es ist nicht so, wie er denkt. Ich schüttle verneinend den Kopf, unfähig, einen Satz zu bilden.

„Ich würde dir nie wehtun, Mira", knurrt er und seine Augen verdunkeln sich. „Das, … das ist heute Abend zu weit gegangen."

Ohne ein weiteres Wort geht er zur Tür und dann hinaus in die Nacht. Der laute Flügelschlag, als er davonfliegt, ist das Letzte, was ich höre.

KAPITEL VIERZEHN

BRIXUS

*I*ch trample in meine Höhle und ich spüre noch immer das Feuer in mir. Normalerweise kühlt ein Flug meinen Kopf und beruhigt mein Biest, aber diesmal hat er alles nur noch schlimmer gemacht. Mein Gebrüll erschüttert die Wände und lässt einige Stalaktiten von oben herabstürzen.

Es fühlt sich gut an, aber nur für wenige Augenblicke. Brüllen ist eben auch kein Allheilmittel.

Meine Wut brodelt tief in mir und es ist eine neue Wut, die sich mit jener vermischt, die schon da ist. Meine neue Gefährtin hat Angst vor mir – panische *Angst* – und ich kann nicht viel dagegen tun.

Ich habe verlernt, sanft zu sein.

Und ich kann mein Verlangen nach Mira nicht länger ignorieren. Ich bin getrieben von dem Bedürfnis, sie zu besitzen, sie zu fordern, sie zu *ficken* …

Es hat mir all meine Selbstbeherrschung abverlangt, sie heute Abend nicht zu nehmen. Ich habe mein Gleichgewicht zwischen Mensch und Drache verloren und meine Bestie zollt ihren Tribut. Primitive Bedürfnisse durchströmen mich, ungezähmte Begierden, und ich komme nicht gegen sie an, wenn ich mit ihr zusammen bin.

Ich bin blind vor Lust. Körperliches Vergnügen schürt mein Feuer. Sie ist so winzig – zerbrechlich und zart, ein kleines Menschenweibchen – und ich könnte sie ohne jede Anstrengung zerstören. Am Rande der Selbstbeherrschung zu stehen ist gefährlich für mich.

Gefährlich für *sie*.

Ich würde sie nie verletzen, aber das ändert nichts daran, wer ich geworden bin. Ich bin ein Monster, im Feuer geboren, zu einer Waffe geschmiedet. Rache treibt mich bei meiner Mission an und ich kann nicht umkehren, bis sie abgeschlossen ist. Bis jeder einzelne der varghalischen Wissenschaftler den Preis für seine Entscheidungen gezahlt hat.

Ich weiß, dass ich nicht ruhen kann, bis es vollbracht ist.

Mira ist in all das hineingezogen worden, aber was soll ich machen? Ich weiß nicht, warum sie einer Heirat zugestimmt hat und mit mir hierhergekommen ist. Ich verstehe diese Gefühle, diese Triebe nicht. Sie ist nicht meine wahre Gefährtin.

Sie ist es *nicht*.

Und doch kann ich nicht aufhören, an sie zu denken. An diese wunderschönen blauen Augen. Ihr seidig blondes, sirenenhaftes Haar. An die Art, wie sie mich ansieht …

Schmerz, Frustration und Sehnsucht überkommen mich und ich brülle und schüttle noch ein paar Stalaktiten von der Decke. *Verflucht!* Morgen muss ich das alles wieder aufräumen. Auch Lust brennt in mir, hartnäckig und stark, und ich bin versucht, mich in meine Menschengestalt zu verwandeln und in die Vergessenheit zu wichsen.

Ich stoße einen gewaltigen Atemzug aus und lasse mich donnernd zu Boden fallen. Nein. Ich werde es nicht tun. Stattdessen lasse ich all die Dunkelheit, die in mir lebt, wie einen verrückten Tornado um mich herumwirbeln.

Ich kann nicht zulassen, dass diese Gefühle für Mira erneut in mir aufkommen. Ich kann es nicht zulassen. Sie verdient etwas Besseres als das Tier, das ich bin.

Ich habe einen Fehler gemacht, als ich meine Pflicht angetreten habe. Ich bin auf einer Mission, um aufzuspüren und zu zerstören – wir alle hier sind es – und sich mit mir einzulassen, ist keine gute Idee für sie.

Ich werde sie beschützen und für sie sorgen. Ich werde mein Gelübde nie brechen …

Aber ich werde es aus der Ferne tun.

KAPITEL FÜNFZEHN

MIRA

*E*s ist über eine Woche her und ich habe Brixus nicht ein einziges Mal gesehen.

Jeden Morgen, wenn ich aufwache, finde ich frische Vorräte in der Küche vor. Er muss also mitten in der Nacht kommen, während ich schlafe. Es ist offensichtlich, dass er mich nicht sehen will. Er hat mich auch nicht angefunkt. Er hat überhaupt nicht von sich hören lassen.

Die Drachen üben jeden Morgen, fliegen hoch über dem Regenwald, aber ich habe meinen Gefährten nicht wieder auf dem Trainingsgelände aufgesucht. Warum sollte ich, wenn seine Botschaft so klar ist?

Er möchte lieber nichts mit mir zu tun haben. Ein Schmerz, mit dem ich nicht gerechnet hatte, breitet sich in meiner Brust aus. Auch Wut schwingt darin mit.

Wie kann er es wagen, wegzufliegen und mich im Stich zu lassen?

Ich habe meine Tage am Strand verbracht und den Dschungel erkundet. Gelegentlich erhasche ich einen Blick auf die Nachbarn – die nahe gelegenen Hütten gehören alle den Kriegern von Brixus' Crew. Ihre grimmigen Gesichter sind nicht unfreundlich – eher neugierig –, aber sie sind auch nicht einladend und weder ich noch sie haben den ersten Schritt zu irgendeiner Art von Kommunikation gemacht.

Ich sitze oft auf den Felsen, wo ich die Meerjungfrau gesehen habe, aber sie hat mich auch nicht mehr besucht. Nachts höre ich die Gesänge der Sirenen – es sind viele, die zusammen singen und ihre Stimmen auf wundervolle Weise miteinander verschmelzen lassen. Manchmal sind die Melodien erbaulich, manchmal sind sie unheimlich und traurig und spiegeln meine Stimmung wider.

Ich bin von so viel Schönheit umgeben und doch fühle ich mich, als wäre ich das einsamste Mädchen der Welt.

Es ist noch früh am Morgen und ich schnappe mir einen Korb und mache mich auf den Weg zum Strand in der Hoffnung, ein paar schöne Muscheln zu finden. Die Dämmerung bricht an und die Vögel krächzen bereits laut zwischen den Bäumen, aber die Drachen sind noch nicht auf dem Weg zu ihrem Training.

Gut. Auch wenn ich aus dieser Distanz nie sagen kann, welcher Drache Brixus ist, nehme ich an, dass er derjenige ist, der an der Spitze steht, und ich vermeide es bewusst, dort hinzusehen.

Meine Füße sinken in den weichen violetten Sand und ich schwelge in der Stille, die nur von den Wellen unterbrochen wird, die träge gegen die Felsen schlagen.

Wieder sehe ich einen kleinen Spritzer. Und dann noch einen unmittelbar darauf. Mein Herz macht einen fröhlichen Satz und ich lasse meinen Korb fallen, eile zu den Felsen und klettere hinauf, um das Wasser unten zu beobachten.

Die Sirene! Sie ist hier!

Sie bleibt unter der Oberfläche, ihre Haare schweben um sie herum und ihr Schwanz schimmert genauso, wie ich ihn in

Erinnerung habe. Ihre Arme bewegen sich sanft im Wasser, während ihre Schwanzflosse hin und her gleitet.

„Hallo!", sage ich atemlos. „Ich, … ich bin so froh, dass du hier bist. Danke."

Die Meerjungfrau lächelt.

„Ich bin Mira. Wohnst du in der Nähe?" Ich habe keine Ahnung, was ich sagen soll, aber wenn ich weiter rede, bleibt sie diesmal vielleicht länger.

Sie nickt. Ihr Mund bewegt sich und das Wort formt sich kristallklar in meinem Kopf. *Nemea.*

„Nemea. Das klingt wunderschön!" Ich strahle sie an, dankbar, dass sie mir ihren Namen verraten hat. „Ich höre nachts eure wunderschönen Lieder. Singst du sie zusammen mit deinen Freundinnen?"

Die Meerjungfrau nickt wieder und ihr Lächeln wird breiter. Doch bald verblasst es und ihr Gesicht wirkt plötzlich gezeichnet und ernst. Sie macht mit ihrer Hand eine winkende Bewegung, als ob sie das Wasser verwirbelt, und das Türkisblau verwandelt sich in eine glatte Fläche. Darauf formt sich eine Szene, zunächst verschwommen, dann aber klarer.

Es ist Jedrick. Mein Ex-Mann trägt einen orangefarbenen Gefängnispullover und einen täuschend unschuldigen Gesichtsausdruck.

Schon bei seinem Anblick wird mir übel. Die Sirene verwirbelt das Wasser wieder und die Szene weitet sich aus. Er wird von zwei langsam gehenden Wächtern mit den Händen auf dem Rücken einen Flur hinuntergeführt.

„Er geht heute an Bord des Transferschiffes?", frage ich, meine Stimme ist kaum ein Flüstern.

Ja.

Ich schlinge meine Arme um meinen Körper und zwinge mich, die Übelkeit zu überwinden. Aber irgendetwas stimmt an der ganzen Sache nicht. Jedrick *hat darum angesucht*, versetzt zu werden.

„Alles wird gut werden", sage ich laut. „Keine Sorge. Sie verlegen ständig Häftlinge in diese intergalaktischen Gefängnisse. Es gibt nichts, worüber ich mir Sorgen machen muss."

Nemea sagt nichts, verweilt immer noch unter der Oberfläche. Das Wasser wirbelt weiter und die Szene verändert sich. Jedrick und die Wachen gehen nun eine Rampe hinauf, die in ein riesiges gelbes Raumschiff führt. Andere Häftlinge folgen ihnen, jeder mit seinen eigenen Wachen.

„Alles ist sicher", murmle ich. „Es gibt jede Menge Sicherheitsleute."

Die Sirene wirbelt wieder ihre Hände und das Bild verschwindet. Ich starre noch lange auf das kristallklare Wasser und möchte weiter zusehen, bin aber auch erleichtert, dass Nemea die Vision beendet hat.

Sie öffnet erneut den Mund, um zu sprechen. *Du musst stark sein*, betont sie. Ihr Gesicht ist sehr ernst und das macht meine Befürchtung nur noch schlimmer.

„Ich tue alles, was ich kann!", beharre ich. „Ich habe Prinz Brixus geheiratet und bin den ganzen Weg hier hergekommen, wo ich in Sicherheit bin, und ..."

Nein. Das Wort bohrt sich in meinen Geist. *Was ich meine, ist, dass* du *stark sein musst.* Sie deutet mit einer offenen Hand in meine Richtung, als wolle sie mir etwas geben. *Es liegt an dir, Mira.*

Ich starre sie verblüfft an. Offensichtlich kennt sie Jedrick nicht. Er ist doppelt so groß wie ich und sie denkt, ich könnte es mit ihm aufnehmen? Ich habe keine Ahnung, wie man kämpft, wie man sich schützt oder gar eine Waffe benutzt. Stark zu sein hilft mir nichts, nicht ein bisschen.

„Nemea, du verstehst nicht. Ich weiß nicht, wie."

Du musst es lernen.

„Lernen? Von wem? Es gibt niemanden –"

Ein lautes Platschen ihrer Schwanzflosse unterbricht meinen Satz. Gleich darauf platscht sie noch einmal damit ins Wasser und ich kriege auch ein wenig davon ab. Dann schwimmt sie davon, verschwindet in der Tiefe und hinterlässt nur ein paar Wellen.

Das Gebrüll der Drachen lässt meinen Blick zum Himmel emporwandern. Meine Gedanken schweifen zu den Nahkampfübungen, die ich vor nicht allzu langer Zeit beobachten konnte. Sie haben ihre Fähigkeiten bis zur absoluten Perfektion verfeinert – niemand wäre in der Lage, einen von ihnen im Kampf zu schlagen.

Ich blinzle in Richtung der Drachen, während sie hinabstürzen und eintauchen.

Eine verrückte Idee nimmt plötzlich in meinem Kopf Gestalt an.

Nein, das kann ich unmöglich tun!

Aber vielleicht, nur vielleicht …

Die Sonne geht langsam auf und ich wende mein Gesicht dem Licht zu. Ich klettere wieder von den Felsen herunter, spreche mir ein wenig Mut zu und marschiere in Richtung des Trainingsplatzes, bevor ich meine Meinung ändere.

KAPITEL SECHZEHN

BRIXUS

*I*ch komme später als gewöhnlich auf dem Übungsplatz an und als ich es tue, ist meine gesamte Crew bereits mit Bodenkampfübungen beschäftigt. Zaar und Horaz trainieren paarweise mit jeweils zwei Schwertern. Morg schlägt mit den Fäusten auf Hänsels Gesicht ein. Einige der anderen Teams verwenden die neuen Energieklingen aus der letzten Lieferung.

Ravi steht etwas abseits in der Nähe eines Wäldchens mit großen Bäumen und weit weg von den anderen. Ich brauche einen Moment, um vollständig zu begreifen, welche Szene sich vor meinen Augen abspielt. Er hat eine kleine blonde Gegnerin, keine andere als Mira.

Meine *Gefährtin*.

In seinen Händen hält er eine Übungsklinge und Mira umklammert den Griff einer fast identischen Waffe. Ravi demonstriert die Prinzipien des Schwertkampfes, während Mira zusieht und dabei kaum in der Lage ist, ihre Waffe auch nur zu halten.

Was zum Teufel ist hier los?

Ich knurre und schleiche zu ihnen herüber, wo ich

meinem Stellvertreter einen bösen Blick zuwerfe. „Ravi, was soll das alles?", frage ich, während ich von ihm zu Mira und dann zurück zu meinem Kameraden schaue.

Ravi zuckt mit den Achseln, verblüfft darüber, dass ich ihn so anstarre. „Deine Gefährtin kam heute Morgen hierher und bat mich, ihr das Kämpfen beizubringen. Also tue ich es." Er gestikuliert zu seiner Waffe und dann zu ihrer, als ob die Situation klar wäre und meine Frage völlig lächerlich.

„Ist das wahr?", frage ich Mira. „Du hast ihn gebeten, dich zu unterrichten?"

„Ja." Ihre Augen glühen und sie scheint überhaupt nicht glücklich mit mir zu sein. „Ich will lernen, und *dich* konnte ich ja schlecht fragen, nachdem du verschwunden bist." Ihre Stimme ist stark und klar, wenn auch leicht überrascht, als hätte sie diese Worte nicht absichtlich laut gesagt. Sie macht ihre Schultern breit und schiebt ihr Kinn nach oben, mutiger, als ich sie je zuvor gesehen habe. „Und ich lerne es ... *damit*." Sie versucht wieder, das Schwert anzuheben, und ihr Gesicht ist gerötet von der Anstrengung – sie kann es nur für wenige Augenblicke halten, bevor sie es auf dem Boden abstellen muss.

Die Entschlossenheit flackert in ihren Augen zusammen mit ihrem Zorn auf. Sie ist sauer auf mich, aber ich dachte, sie wäre froh, mein Gesicht nicht sehen zu müssen. Ich verstehe das alles nicht. Als ich sie das letzte Mal gesehen habe, hat sie vor Angst gezittert. Hätte sie nicht erleichtert sein sollen? Wie kann ich ihr erklären, dass mein Drache sich um sie herum nicht mehr beherrschen kann?

Sogar ihre zum Leben erwachte Streitsucht macht mich an und mein inneres Biest poltert wieder. Mein Schwanz rührt sich in meiner Hose. Außerdem brodelt Verärgerung darüber in mir, dass sie meinen Kameraden um Hilfe gebeten hat. „Ravi, du kannst gehen", murre ich. „Ich übernehme ab hier."

Ravi zuckt wieder mit den Achseln und entfernt sich. Mira verengt ihre Augen auf mich. „Ich habe *ihn* gebeten, mir zu helfen." Ihr Gesicht errötet noch stärker, als ob sie wieder über ihre neu gewonnene Offenheit überrascht wäre.

Ich sage ein paar Augenblicke lang nichts, während sie mich weiter anfunkelt. Sie ist verärgert, wenn ich da bin, und verärgert, wenn ich weg bin. Ich blicke da nicht mehr durch und wünschte, es gäbe ein Handbuch für Menschenweibchen.

Ich habe geschworen, sie zu beschützen und für sie zu sorgen, und genau das habe ich getan. Haben ihr die Delikatessen, die ich mit den anderen Vorräten vorbeigebracht habe, nicht geschmeckt? Ich atme tief durch. „Es tut mir leid, dass du verärgert bist."

Mira schnaubt und rammt das Ende des Schwertes in den Boden.

Ich weiß immer noch nicht, was ich sagen soll, also ist es vielleicht am besten, wenn ich schweige. Schließlich will ich die Dinge nicht noch schlimmer machen.

Langsam greife ich hinüber und packe den Griff. Sie protestiert einen Moment lang, hält das Schwert fest und lässt es nur widerwillig los. „Wir werden etwas anderes benutzen. Warte hier."

Noch bevor ich die Waffenkammer betrete, weiß ich, dass ich nichts Passendes für sie finden werde. Ich komme mit einem hölzernen Übungsschwert zurück, das etwas kleiner ist als das, das sie vorher hatte, und kann nur den Kopf schütteln, als ich ihr beim Kampf mit dem Schwert zusehe.

„Das wird auch nicht funktionieren", sage ich und dieses Mal marschiere ich in den Wald und komme mit einem großen Stock zurück.

Sie beäugt ihn argwöhnisch und mit verengtem Blick. „Du hast mir … einen *Stock* gebracht? Das ist keine echte Waffe!"

Jetzt ist sie wirklich sauer und ich mache mir erst gar nicht die Mühe zu erwähnen, dass sie bisher keine der Waffen halten konnte. „Nur zum Üben. Nur, bis wir etwas anderes für dich finden."

Sie nimmt mir den Stock aus der Hand und hält ihn mit beiden Händen vor sich, als wolle sie gleich einen Ball schlagen. „Okay. Dann los. Bring es mir bei."

„In Ordnung." Ich demonstriere ihr den richtigen Umgang mit dem Schwert. „Halte es so."

Sie tut, was ich sage, und wirkt entschlossen, aber ihre Haltung mit der Waffe ist unbeholfen. Ich halte inne. „Mira, … warum willst du lernen, wie man kämpft? Ich werde es dir beibringen, aber gibt es einen Grund dafür?"

„Oh." Ein erschrockener Ausdruck huscht über ihr Gesicht. „Nun, es ist, weil …"

Für einen Moment ist das schreckhafte kleine Reh zurück, mit großen blauen Augen und leicht geöffnetem Mund. Ich habe das Gefühl, dass sie es mir nicht wirklich sagen will. „Ist etwas passiert?"

„Nein. Alles in Ordnung." Sie beißt sich noch einmal auf die Lippe, während Mut und Kampfgeist wieder in ihren Ausdruck zurückkehren. „Du hast mich allein gelassen. Sollte ich da nicht besser lernen, mich zu schützen?" Sie starrt mich frech an.

Ich knurre tief. Wie kann sie nicht verstehen, dass das, was ich tue, zu ihrer *Sicherheit* ist? Ich habe sie aus der Ferne beobachtet. Abends, wenn sie schläft, sehe ich nach ihr. Ich habe sie *nicht* zurückgelassen.

„Mira, ich –"

„Du hast mich den ganzen Weg hierher gebracht, wo ich keine Menschenseele kenne, und dann hast du mich völlig allein gelassen!" Sie sieht mich feurig an und wackelt bedrohlich mit ihrem Stock. „Wie eine Katzendame!"

Eine Katzendame? Ich starre sie verwirrt an. Eine Dame, die Katzen mag? Den Ausdruck kenne ich nicht und ich frage mich, ob Mira Katzen hatte, die sie zurücklassen musste?

„Du musst dich beruhigen", sage ich zu ihr. „Du musst das verstehen. Ich habe absolut keine –"

Mira schlägt mit ihrem Stock fest zu und ich habe kaum Zeit, den Schlag mit meinem Holzschwert abzublocken. Heilige Scheiße, sie ist schnell. Sie schlägt wieder zu, kräftiger, als ich es bei ihrer Größe erwartet hätte. Ich bewege mich rückwärts und fange jeden ihrer Schläge ab, während sie immer härter und härter zuschlägt.

Es ist klar, dass sie keine Erfahrung mit dieser Art von Waffen hat – sie schlägt einfach wild drauf los –, aber ihre Fußarbeit ist schnell. Anmutig. Sie bewegt sich wie eine Katze, geschmeidig und wendig, tänzelt agil und flink um mich herum. Hat sie eine andere Art von Training erhalten?

Ein letzter heftiger Schlag und der Stock bricht entzwei. Mira bleibt stehen und starrt ihn an, fast so, als glaube sie nicht, dass ihre eigene Kraft möglicherweise ihre provisorische Waffe zerstören könnte. Sie hält die beiden Stücke hoch und schüttelt den Kopf.

Und dann bricht sie in einen Lachanfall aus. „Ich habe den Stock zerbrochen."

Ich beobachte sie einen Moment lang und wähle meine Worte sorgfältig. „Das hast du allerdings."

Ein wunderschönes Lächeln blüht auf ihrem Gesicht auf. Es ist echt und strahlt mit der Sonne um die Wette. „Können wir das morgen wiederholen? Kannst du mich trainieren, Brixus?"

Ich nicke, nicht ganz sicher, wie das Ganze ablaufen soll, aber mein Drache poltert glücklich zustimmend. „Das werde ich. Und wir werden eine geeignetere Waffe für dich finden."

KAPITEL SIEBZEHN

MIRA

*A*m nächsten Morgen wartet Brixus bereits unter den Bäumen am Rande des Trainingsgeländes auf mich. Er ist wie immer ganz in Schwarz gekleidet, ein enges Shirt, das seine herrlichen Muskeln erahnen lässt, und eine Hose im Militärstil. Ich kann nicht anders – verhaltene Freude breitet sich in meinem Bauch aus.

Er hat weder einen neuen Stock für mich noch irgendeine andere Waffe. Stattdessen hat er andere Pläne.

„Kondition." In seinen Augen glüht dasselbe Feuer wie immer und vielleicht, nur vielleicht, erkenne ich den Hauch eines Lächelns auf seinen sinnlichen Lippen. „Wir werden an deiner Kondition arbeiten."

Und er meint es ernst. Während der nächsten Woche verlangt er mir die quälendsten Übungen aller Zeiten ab. Er lässt mich große Steine werfen. Mich an schweren Seilen ziehen. Einen Schlitten durch den Dreck schieben. Gewichte heben. Und laufen! Ich laufe fast nie und wenn ich fertig bin, keuche ich wie verrückt und bin völlig fertig. Am sechsten Tag tut mir alles so weh, dass ich mich kaum noch bewegen kann, und am siebten Tag weist er mich an, zu Hause zu bleiben. Das tue ich auch und ruhe mich den ganzen Tag über aus.

Und denke an ihn.

Uff!

Wir haben nicht weiter über seine Abwesenheit gesprochen oder darüber, wann – oder ob – er zurückkommen wird. Über ihn nachzudenken, ist dumm.

Aber als ich ihn am achten Tag wiedersehe, sein wunderschönes, grimmiges Gesicht und seinen göttlichen Kriegerkörper, der unter den Bäumen auf mich wartet, zerrt ein Gefühl der Sehnsucht in meinem Innersten. Die Erinnerungen an seinen fordernden Mund auf meinem und seine rauen Hände zwischen meinen Beinen lösen Schmetterlinge in meinem Bauch aus.

Heute hat er eine Waffe für mich – ein kleines Übungsschwert aus Holz, von dem ich weiß, dass er es speziell für mich hat anfertigen lassen.

„Danke", sage ich lächelnd und drehe den Griff in meinen Händen. Es fühlt sich immer noch klobig an, aber es ist so viel leichter und einfacher für mich zu handhaben. „Die perfekte Größe."

Er knurrt zustimmend und ich sehe, dass er zufrieden ist.

Brixus verbringt den restlichen Vormittag damit, mir den Umgang mit der Waffe zu zeigen, und als er seine großen Hände auf meine Hüften legt, um meine Haltung zu justieren, läuft mir ein freudiger Schauer über die Wirbelsäule. Eine riesige Ausbuchtung in Form seines Schwanzes erhebt sich in seiner Hose und ich weiß, dass er es auch spürt.

„Das ist genug für heute", knurrt er und bei dem finsteren Blick in seinem Gesicht muss ich fast grinsen. Er schickt mich nach Hause und geht mit der enormen Erektion, die gegen seine Hose drückt, davon.

Für den Rest der Woche berührt er mich nicht mehr, aber

während wir mit dem Konditionstraining und den Schwert-kämpfen weitermachen, kann ich die Hitze, die zwischen uns wächst, nicht ignorieren. Oder das leidenschaftliche Feuer in seinen Augen. Er hat auch immer wieder Erektionen – und besonders an ihm sind sie schwer zu übersehen.

Und als er eines frühen Abends in der Hütte auftaucht und in jeder Hand ein kleines Kätzchen trägt, bringt er mein Herz in Wallung und die Schmetterlinge fangen erneut an, in meinem Bauch zu flattern.

KAPITEL ACHTZEHN

MIRA

*E*ines der Kätzchen schmiegt sich an Brixus' massive Brust, während das andere sich windet und mutig miaut. Er runzelt die Stirn, als es an seiner Hand knabbert. „Das hier ist ein kleiner Frechdachs", murrt er und übergibt mir das quirlige Kätzchen.

Das Kätzchen zappelt weiter in meinem Griff, miaut neugierig und schaut mich mit leuchtend gelben Augen an. Ein weiteres kühnes *Miau* entweicht ihm und er stupst vehement meinen Arm an. Ich kann mir das Lachen nicht verkneifen. „Wo hast du diese Kätzchen her?"

„Ich habe sie verlassen in ihrem Bau gefunden. Ihre Mutter war nicht allzu weit weg, getötet von einem einsamen Wolf. Sie hat zweifellos ihre Jungen beschützt."

Ich schaue mir das Kätzchen in meinen Armen genau an. Er faucht mich wieder spielerisch an und will mich am Arm kratzen. Winzige, gekrümmte Reißzähne blitzen aus seinem Maul hervor.

Das sind keine normalen Katzen.

„Brixus, das sind –"

„Wilde Hadraxkatzen."

Ich beiße mir auf die Lippe und schaue langsam zu ihm auf. Erwachsene Hadraxkatzen wiegen weit über einhundert Kilogramm und sind bösartige und skrupellose Jäger. Die winzigen Fangzähne des kleinen Kätzchens – wie auch sein restlicher Körper – werden eines Tages gigantisch sein.

„Sie hätten die Nacht nicht überlebt." Er hält das kleine Kätzchen dicht an seine Kriegerbrust und ich höre es schon schnurren. „Ich dachte, du wüsstest, was zu tun ist." Er hält inne und hebt fragend eine Augenbraue. „Du hast etwas davon erwähnt, eine Katzendame zu sein?"

Ich lache wieder und schüttle den Kopf. „Okay, das ist etwas *ganz* anderes." Der ungestüme kleine Kerl in meinen Armen beißt mich leicht in den Daumen. „Ich glaube, sie sind hungrig. Mal sehen, ob wir sie füttern können."

Ich erhitze etwas Milch und stelle zwei provisorische Flaschen bereit, von denen ich eine Brixus reiche. Mein kleiner Kerl schluckt gierig sein Abendessen hinunter, während das Weibchen in Brixus' Armen zögerlich trinkt – dafür schnurrt sie wie ein Weltmeister. Sobald sie sich satt getrunken haben, schließen sich ihre Augen schläfrig. Ich schnappe mir ein großes Kissen für sie und lege es in einer Ecke des Schlafzimmers auf den Boden. Sie kuscheln sich darauf aneinander und schlafen sofort ein.

Brixus wartet im Wohnbereich auf mich und ich kann das Verlangen in seinen Augen sehen. „Kommst du mit nach draußen?" In seiner Stimme liegt das übliche Grollen, diesmal durchsetzt von purem Verlangen.

Ich nicke und mein Puls schießt in die Höhe, während ich ihm zur Tür hinaus folge.

Die Sonne ist fast untergegangen und es ist noch warm draußen, während die letzten verbleibenden orangefarbenen Strahlen auf dem Ozean schimmern. Unsere Füße sinken tief in den Sand und er nimmt meine Hand in seine. Mein Herz pocht weiter.

Das kühle Wasser umspült unsere Füße, als wir in Richtung des Ozeans gehen. Er dreht sich zu mir, um mich mit seinem feurig heißen Blick anzusehen, so heiß, dass ich auch schon Feuer fange. Ich schlucke heftig. Mein Atem stockt mir in der Brust, als sein fordernder Mund sich auf meinen stürzt.

Ich gebe mich ihm hin und lasse mich von seinen Lippen beanspruchen. Meine Hände umschließen sein raues Gesicht und seinen Bart. Sie streicheln über die Erhebungen seiner Wangenknochen, vergraben sich in seiner wilden Mähne, und Funken sprühen, als er meinen Mund mit seiner Zunge erobert.

Er strahlt rohe, im Zaum gehaltene Kraft aus. Er ist ein Tier – ein köstliches, halb verwildertes Tier – und seine Berührung erschreckt und erregt mich zugleich.

Er hebt mich in seine starken Arme und watet direkt in das Wasser hinein. Die Wellen schlagen gegen unsere Körper, durchnässen uns bis zur Brust. Er küsst mich weiter, mit Dringlichkeit und primitiver Begierde, und seine Küsse sind noch heißer als zuvor.

Das kühle Wasser des Ozeans trägt nicht dazu bei, die Hitze zwischen uns auszulöschen.

„Mmmh, wir haben immer noch unsere Kleider an", murmle ich und schlinge meine Beine eng um ihn, während die Wellen uns hin und her wiegen.

Brixus antwortet mit einem Knurren und einem kräftigen Zug an einem der Träger meines Kleides. Er zieht ihn mir von der Schulter, sodass meine rechte Brust freiliegt, und legt seine Lippen darauf, bis ich keuche. Lust erwacht in meiner Mitte.

Ich reibe mich an ihm und sein steinharter Schwanz ist sowohl einschüchternd als auch erregend. Er stöhnt, zerrt an dem anderen Träger und überhäuft nun meine andere Brustwarze mit ebenso viel Aufmerksamkeit. Das Gefühl ist wie Feuer auf meiner Haut. Meine Augen schließen sich, während Brixus seine Zunge um meine Brustwarze legt und das orange gefärbte Wasser mich sanft streichelt.

So viele Berührungen … und Liebkosungen … und, oh, seine Zunge!

Es ist alles so neu und so gut und ich will noch mehr.

Ich versuche, ihm die Hose auszuziehen, aber es scheint, als hätte er etwas anderes vor. Er schreitet aus dem Wasser, seine starken Arme immer noch um mich gelegt. Er legt mich direkt vor den Wellen auf den Strand, zieht sein Shirt aus und thront jetzt über mir, seine starke Brust glitzert vor dem orangeroten Hintergrund des Himmels wie die eines durchnässten Gottes des Krieges.

„Brixus, ich –" Meine Stimme zittert ein wenig. „Ich habe das alles noch nie gemacht."

Seine rauen Knöchel streichen sanft über meine Wange. „Ich sorge für das, was mir gehört", grummelt er. „Und du gehörst *mir*, kleines Menschenweibchen."

Im Bruchteil einer Sekunde ist mein Kleid ausgezogen und dann trage ich nur noch mein Höschen. Diesmal ist es nicht ganz so sexy und meine Wangen glühen.

Er reißt es mir einfach herunter.

Die Intensität seines Blicks versengt mich fast. „Wunderschön", knurrt er. Er berührt und küsst mich nicht und doch habe ich das Gefühl, von seinem Feuer völlig verzehrt zu werden.

Von *ihm*.

Sein heißer Mund senkt sich noch einmal zu meinen Lippen und dann zu meinem Schlüsselbein. Er umkreist meine Brustwarze mit seiner Zunge, … bewegt sich tiefer, um Küsse entlang meines Bauches zu verteilen …

Oh! Er wandert … *dorthin.*

Mit seinem Mund.

Ich zittere erwartungsvoll. Meine Atemzüge sind jetzt schnell und flach. Seine Küsse heizen mich auf, sind wie ein Fluss aus Feuer auf meiner Haut. Er spreizt meine Beine, sodass ich vor ihm völlig entblößt bin, ihm völlig ausgeliefert bin, und ich lasse los.

Vollständig.

Seine Bestie könnte mich vernichten. Könnte mich zerbrechen. Aber es gibt niemanden, dem ich mehr vertraue, niemanden, an den ich mich lieber verlieren würde als an ihn.

Meine Augen schließen sich halb und ich drücke meinen Kopf zurück in den Sand. Und als sein Mund sich auf mich legt und seine Zunge in meine Falten eintaucht, ergebe ich mich ihm aufs Neue. „Brixus!" Ein kleines Keuchen entweicht meinen Lippen, als eine Welle der Lust sich in meinem Kern aufbaut.

Er zieht seine Zunge durch meine feuchte Hitze. Sein Blick lässt dabei meinen niemals los. Was ich dabei empfinde, fühlt sich großartig an – reine und pulsierende Glückseligkeit – und ich will, dass er nie aufhört.

Ich bewege eine Hand an meinem Bauch hinunter, um ihn zu berühren. Ich möchte seine Nähe spüren, während er an meiner Klitoris leckt und knabbert und mit meiner empfindlichsten Stelle spielt, die noch nie jemand außer mir berührt hat. Ich halte inne, unsicher, was ich tun soll, aber in mir blüht eine weitere Blüte der Lust auf, heiß wie ein leidenschaftliches Fieber.

Jede noch verbleibende Scheu vertreibend, greife ich nach ihm und versuche, ihn mit den Fingern in seinem wilden Haar noch näher an meine Mitte zu ziehen.

Er stöhnt und leckt mich weiter. Meine Befreiung baut sich schnell auf. Flammen tanzen über meine Haut und als er seinen Mund über meine Perle legt und kräftig daran saugt, fühlt es sich an wie ein Lauffeuer.

Es breitet sich rasend schnell in meinem ganzen Körper aus.

Keine Sekunde später explodieren Million Sterne vor meinen Augen und ich bin nicht fähig zu sprechen, bringe nur kleine keuchende Geräusche hervor, als Wellen der Befreiung über mich hinwegrollen.

Brixus hebt den Mund, sein Kinn feucht von meinen Säften. Er bewegt sich, um über mir zu schweben, dieser erstaunliche Mann, halb Muskelberg, halb Sexgott, und beugt sich dann zu mir herunter, um mich zu küssen. Ich kann meine Weiblichkeit auf seinen Lippen schmecken. „Du bist köstlich", poltert er und seine Brustmuskeln beugen sich und glitzern. „Kleine Gefährtin, du treibst mich in den Wahnsinn."

„Brixus, … ich will dich", keuche ich und ich kann es auch in seinen Augen sehen. Sein Blick brennt vor Verlangen nach mir und die Energie seiner inneren Bestie ist energisch und spürbar. Wir zerren beide an seiner Hose und schon fliegt sie beiseite und enthüllt den größten Schwanz, den ich je für möglich gehalten hätte.

„Du bist so … groß", flüstere ich. „Wirst du reinpassen?"

Er gibt ein animalisches, grollendes Geräusch von sich und seine Finger wandern wieder zu der sensiblen Stelle zwischen meinen Beinen. Sanft lässt er zwei von ihnen in mich gleiten und zieht sie kurz darauf nass wieder heraus. „Du bist klatschnass", knurrt er. „Für mich."

„Ja." Meine Stimme bebt ein wenig, aber nur, weil ich ihn so sehr will. „Und ich brauche dich, jetzt. Wirklich. Bitte."

Mit einer schnellen Bewegung ist er auf mir, spreizt meine Beine weit und legt seine Hüften auf meine. Er führt seinen Schwanz an meinen Eingang und drängt sich langsam in mich. Verzehrendes Verlangen schwelt in seinen Augen. Er sieht mir in die Augen, während er in mich eindringt, und ich dehne mich um ihn herum.

Oh, er ist so, so groß! Ich atme durch das Unbehagen und den Schmerz hindurch, bis diese Empfindungen sich in pures Vergnügen verwandeln. Ein weiteres kleines Keuchen entkommt mir und mein Fieber für ihn brennt weiter. Er hält inne, wartet, und ich nicke. „Mach weiter", murmle ich. „Es fühlt sich so gut an."

Es fühlt sich besser an, als ich je gedacht hätte. Brixus schiebt sich tiefer in mich hinein und zieht sich dann ganz heraus. Sein Schwanz ist umhüllt mit der Nässe meiner Erregung und er pausiert wieder und sucht in meinem Gesicht nach Hinweisen. „Mehr", sage ich und greife nach seinen Armen.

Seine Zustimmung ist ein zufriedenes Knurren.

Er dringt wieder in mich ein und füllt mich mit tiefen, leichten Stößen aus. Sein fester, schwerer Körper bewegt sich über meinen, während ich mich an ihn dränge. Ich dehne mich weiter auf und mein Blut gerät in Wallungen, als das Inferno in mir mit jedem Stoß mehr von mir in Flammen setzt.

Ich gebe mich dem Vergnügen und ihm – allem von ihm – hin. Der weiche Sand schmiegt sich an meinen Körper. Die warme Luft und das Wasser verschmelzen und umgeben uns. Und da ist auch Feuer – Brixus ist das Feuer. Die Hitze seiner Haut versengt mich beinahe und durchdringt mich, bis mich meine Leidenschaft erneut in tausend Stücke zerspringen lässt.

Meine Befreiung erschüttert mich, stetig und langsam. Meine Muskeln verkrampfen sich um seinen Schwanz herum. Er versteift sich und stöhnt und ich wimmere seinen Namen, während seine Hitze meinen Kern erfüllt.

Danach hält er mich fest. Wir sind über und über mit Sand bedeckt – sogar an Stellen, die ich mir gar nicht vorstellen möchte –, aber es macht mir nichts aus. Seine starken Kriegerarme halten mich fest und ich habe mich noch nie in meinem Leben sicherer gefühlt.

„Bleibst du heute Nacht bei mir?", frage ich.

„Ja", rumpelt er. „Das tue ich."

KAPITEL NEUNZEHN

BRIXUS

*E*twas Weiches und Pelziges streicht mir ins Gesicht. Ein leises Knurren rollt aus meiner Kehle – ich bin kein großer Freund davon, mitten in der Nacht geweckt zu werden. Ein schweres Gewicht lastet auf meiner Brust und der Duft von Erdbeeren umgibt mich. Wieder berührt mich etwas Weiches, direkt an meiner Nasenspitze, und es kitzelt.

Ich öffne meine Augen gerade noch rechtzeitig, um zu sehen, wie ein wildes Knäuel aus braunem Fell zu einem Sprung in mein Gesicht ansetzt. Zwei kleine Pfötchen tapsen auf meine Stirn. Es ist das frechere der beiden Kätzchen. Ein winziges Jaulen erfüllt den Raum, bevor der kleine Wirbelwind an mir abprallt und im Bruchteil einer Sekunde wieder auftaucht, um mir verspielt auf die Nase zu stupsen.

„Du ...", murmle ich und will ihn mir packen ...

Aber ich kann es nicht. Ich werde aus meinem dösenden Halbschlaf gerissen, als ich merke, dass meine Arme über meinen Kopf gezogen sind und ich bewegungsunfähig bin. Ich schaue nach oben und erkenne, dass ich mit Handschellen an das Kopfteil gefesselt.

Mit pinken Handschellen.

„Was zum Teufel?"

Das rotzfreche Kätzchen zuckt mit einem Ohr und scheint über meine Frage nachzudenken. Er beschließt, mir wieder auf die Nase zu tapsen, und ich knurre ihn an, sodass er erschrocken abzischt. Das Gewicht auf meiner Brust ist das des anderen Kätzchens, das bereits schnurrt und mit seinen Pfoten kleine Milchtritte auf mir verteilt.

„Du bist wach!" Mira steht grinsend in der Schlafzimmertür und bei ihrem Anblick bäumt sich mein inneres Biest auf.

Unsere Gefährtin.

Sie trägt ein enges weißes Mieder, das die Kurven ihrer kleinen Brüste betont und ihre zartrosa Brustwarzen andeutet. Unter dem Oberteil blitzt ein pinker Hauch von Unterwäsche hervor. Ihr blondes Haar fällt ihr kaskadenartig über die Schultern und bringt noch mehr Licht in den bereits sonnigen Raum.

Sie ist wunderschön.

„Ach, Trixie liebt dich schon!" Sie lacht und kommt herüber, um sich mit leuchtenden blauen Augen auf die Bettkante zu setzen. „Ich habe die Kätzchen Trixie und Max genannt."

Es ist wahr – das Kätzchen ist bereits an meiner Brust nach oben gekrabbelt und hat sich in meine Halsbeuge gekuschelt. Sie schmiegt sich an mich und ihr kleiner Körper vibriert unter ihrem Schnurren. Auf meinem ganzen Körper klebt auch eine schimmernde Substanz – es ist Öl und als ich daran schnuppere, lüftet sich das Geheimnis des Erdbeerduftes.

Erst die Handschellen und jetzt bin ich auch noch voller Massageöl?

„Mira. Was soll das alles?" Ich ziehe an meinen Fesseln.

„Warum bin ich mit Handschellen ans Bett gefesselt und warum glitzere ich so?"

Sie kichert und eine sanftes Rot breitet sich über ihre Wangen aus. „Oh, entspann dich. Du bist so grummelig." Sie steht auf, um die Kätzchen aus dem Schlafzimmer zu scheuchen, bevor sie die Tür schließt, und setzt sich dann wieder hin.

„Ich bin nicht *grummelig*." Meine Augen verengen sich, aber mein Schwanz wacht auf. *Verdammt!* Warum ist diese Situation schon jetzt so heiß?

„Nun, ich habe ein Abschiedsgeschenk von T'Pring bekommen und da waren all diese Dinge drin", fährt meine Gefährtin fort. „Ein paar dieser Sachen habe ich noch nie benutzt – ich weiß nicht einmal, was ich damit machen soll – und dachte, wir könnten sie ausprobieren?" Sie beißt sich auf die Unterlippe und zuckt ein wenig mit den Schultern. „Ich dachte, du würdest aufwachen, wenn ich dir das Massageöl auftrage, aber du hast weiter geschlafen."

T'Pring? Ich habe keine Ahnung, wer das ist, aber ich möchte dringend ein paar Worte mit ihr wechseln. „Mira, nimm mir die Handschellen ab", verlange ich und ziehe daran, wohl wissend, dass ich mich sehr leicht daraus befreien könnte, aber ich will das Bett nicht kaputt machen.

Sie gleitet näher heran und ihr Blick wandert zu meiner Erektion. „Warum? Es scheint dir zu gefallen." Sie lächelt – schüchtern und unschuldig –, aber ihre Augen funkeln schelmisch und ihre Brustwarzen ziehen sich unter ihrem dünnen Oberteil zusammen. Der Duft ihrer Erregung steigt mir in die Nase und meine Bestie bäumt sich wieder in mir auf.

Ein heftiger Drang überkommt mich – ein Drang, sie auf alle viere umzudrehen und sie auf die ursprünglichste Art und Weise zu nehmen –, aber alles, was ich tun kann, ist, glitzernd hier auf dem Bett zu liegen. Sie neckt mich, spielt mit mir …

und aus irgendeinem unverständlichen Grund funktioniert es. „Nimm mir die Dinger ab. Dann werde ich dich verwöhnen." Meine Stimme ist leise und kehlig vor Verlangen. „Ich werde dich lecken und schmecken wie gestern Abend."

„Ohhh." Das Wort ist kaum mehr als ein hauchzartes Flüstern. „Das hat mir wirklich gefallen. Du weißt schon, was du mit deinem Mund gemacht hast." Sie läuft knallrot an. „Mit deiner Zunge."

Gedanken an mein Gesicht, zwischen ihren Beinen vergraben, ihr berauschender Balsam auf meiner Zunge, lassen mein Herz schneller schlagen.

Sie erhebt sich langsam und zerrt zögerlich am unteren Ende ihres Mieders. Sie hält schüchtern inne, bevor sie sich das Kleidungsstück über den Kopf zieht, um ihre cremige Haut und ihre festen Brustwarzen zu enthüllen. Ihr Anblick entlockt mir ein Stöhnen und die Handschellen klirren gegen das Kopfteil, während in meinem Inneren ein Kampf ausbricht – ich gegen meinen Willen.

Sie steht einen Moment lang da, mit nacktem Oberkörper, dann verschränkt sie selbstbewusst die Arme über ihrer Brust. Ihr Blick ist auf den meinen gerichtet und er ist erwartungsvoll. Als würde sie auf mich warten.

Sie saugt an ihrer Unterlippe.

„Ich will dich ganz ansehen", knurre ich. „Du bist umwerfend."

Sie nickt und lässt langsam die Arme wieder sinken, um erneut ihre blasse Haut zum Vorschein zu bringen. Sie hakt ihre Finger im Saum ihres Spitzenhöschens ein und zieht es sich gemächlich über ihre Beine hinunter. Sie wirft es beiseite, während mein Drache an seinen Fesseln zerrt.

Mein Blick schießt zu dem kleinen Fleck blonder Locken zwischen ihren Beinen und es verlangt mir alles ab, nicht einfach meine Hände zu befreien.

Sie schenkt mir ein kleines Lächeln. Eine Hauch von Vertrauen erfüllt ihre Augen und sie kommt noch näher. Ihre Bewegungen sind wie die einer Katze, geschmeidig und anmutig.

„Du bist so … stark", flüstert sie und zieht vorsichtig ihre Finger über meinen Oberschenkel, als ob sie die Muskeln dort erkunden würde. Ihre Liebkosungen wandern höher, Zentimeter von meinem Schwanz entfernt. Er wird immer härter, je mehr ich mich nach ihr sehne.

Ein Keuchen entweicht ihren Lippen. Ihre Brustwarzen ziehen sich zusammen und der Duft ihrer Erregung benebelt mich. Sie verströmt ihre weibliche Süße und ich atme sie tief ein.

Meine Worte sind ein keuchendes Knurren. „Ich werde dir nicht wehtun."

„Ich weiß." Ihre süße Stimme streicht über meine Erektion. Mein Schwanz schwillt noch weiter an, als ihre großen blauen, unschuldigen Augen das Feuer in mir weiter schüren.

Ich will über sie herfallen. Sie beanspruchen. Sie ficken, bis sie wund ist.

Sie klettert auf mich, um mir noch einmal tief in die Augen zu sehen. Und dann beginnt sie sich langsam zu bewegen. Ihre Hüften kreisen und winden sich wie eine schöne, graziöse Schlange. Sie hält inne, ihre Lippen geöffnet, ihre Augen unsicher, … aber mein begehrendes Stöhnen scheint sie weiter zu ermutigen.

Ein sexy Lächeln breitet sich jetzt auf ihren Lippen aus. Sie wird mutiger. Ihr Tanz wird langsamer, sinnlicher. Ihre Hüften rufen nach mir und ihre Muschi – diese süße, enge und köstliche Fotze – schwebt über mir und neckt mich mit ihrem Duft und ihrem Anblick, bis mein Drache droht, sich loszureißen.

Ihre Augen sind halbe geschlossen und zucken vor

Verlangen. „Brixus, ich möchte, dass du …" Sie beißt sich auf die Lippe und seufzt leise, bevor sie sich auf mein Gesicht herabsenkt.

Ich habe keinerlei Kontrolle über die Situation und obwohl es mich zu zerreißen droht, macht es mich umso mehr an. Mira reitet auf meinem Gesicht und reibt sich an meinem Bart, während ich ihre glatten Falten lecke.

Ihr Honig zergeht mir auf der Zunge. Ihr Duft berauscht mich. Ich inhaliere ihn gierig und schwelge in ihrer Nässe, bis ich glaube, vor Verlangen den Verstand zu verlieren.

Meine Bestie will sie. Erhebt Anspruch auf sie.

Ihr verhaltenes Keuchen schürt mein inneres Feuer weiter. Meine innere Begierde drängt mich, ihre Hüften zu packen, sie näher an meinen Mund zu ziehen, aber sie hat die Zügel in der Hand.

„Fick mein Gesicht", fordere ich sie auf. „Härter."

Sie keucht wieder, kreist ihre Hüften schneller, stillt ihr Vergnügen mit unverschämter Lust. Meine flache Zunge gleitet durch ihre Schamlippen. Ich lecke ihre süßen Säfte auf, während jedes ihrer sittsamen Stöhnen ein schmerzhaftes Ziehen in meinen Eiern auslöst.

Plötzlich hält Mira mitten in ihren Bewegungen inne. Sie verweilt über mir. Ihre Beine zittern, ihr ganzer Körper zittert vor Verlangen nach mir – endlich habe ich verstanden, dass es keine Angst ist. Ich erobere ihren tropfenden Eingang mit meiner Zunge und stoße sie ihr immer wieder hinein, ficke sie immer härter und schneller.

Sie bewegt ihre Finger zu ihrer Klitoris. „Hier", stöhnt sie. „Das fühlt sich so gut an." Sie reibt sich und ich schnippe mit meiner Zunge sowohl über ihre Perle als auch ihre Finger. Ein weiteres Keuchen entweicht ihr. Ich sauge an ihrer süßen Mitte und knabbere sanft daran, bis sich ihre Hüften heftig aufbäumen.

„Oh ... Brixus!" Sie schaudert und zittert, als ihre Erregung sie mit einer Heftigkeit überkommt, so heiß und nass, dass es meine Bestie an den Rand der Besinnungslosigkeit treibt.

Sie lässt mich noch ein paar Sekunden an ihr lecken, bevor sie sich rückwärts bewegt und immer noch die Beben ihrer Befreiung ausreitet. Ihr Gesicht errötet, als sie sich auf allen vieren auf mich stützt.

Ihr Blick wandert zu meiner Erektion. „Ich will" – sie leckt sich die Lippen, ihren Atem ist schnell und heftig – „dir Vergnügen bereiten."

Das Blut dröhnt in meinen Ohren, gibt einen primitiven, lustvollen Rhythmus vor.

„Ich bin mir nicht sicher, was ich tun muss." Sie hält inne und starrt wieder auf meinen Schwanz. „Aber ich will dich schmecken, so wie du mich schmeckst." Ihre großen blauen Augen sind immer noch voller Unschuld, die sich jetzt mit Neugierde und einem brennenden Bedürfnis vermischt.

Auf meiner Spitze glitzert ein großer blauer Lusttropfen. Mira streicht mit dem Daumen darüber und sieht fasziniert zu, wie er sich mühelos über den Kopf meiner Erektion verteilen lässt. Sie ergreift meinen Umfang mit beiden Händen und reibt langsam auf und ab.

Aus meiner Kehle dröhnt ein Knurren.

„Du bist wirklich so unglaublich groß", haucht sie ehrfürchtig. „T'Pring hat uns gezeigt, dass wir unsere Hände so über den Schaft bewegen und an der Spitze entlang lecken sollten ..."

Ihr Mund bewegt sich weiter, aber ihre Worte werden von dem Blut übertönt, das mir in den Ohren rauscht. Sie entfesselt ein tiefes Verlangen in mir, eines, das mein inneres Biest zum Brüllen bringt.

Und als sie sich schließlich vorbeugt, um mich behutsam

in den Mund zu nehmen, schaltet sich mein Gehirn ab und mein Instinkt übernimmt die Kontrolle.

Ein unersättlicher Drang vereinnahmt mich. Ich kann nicht mehr klar denken – ich kann gar nicht mehr denken. Meine Bestie tobt und bäumt sich auf und raubt mir alle Sinne, so stark ist mein inneres Verlangen nach ihr.

Ein animalisches Knurren löst sich aus meiner Brust und ich reiße kraftvoll meine Arme nach vorne – die Handschellen zerbersten in zwei Teile, das Kopfteil bricht auseinander und fliegt in die nächste Ecke.

Miras Augen weiten sich, aber sie hört nicht auf. Sie leckt mich weiter. Saugt an mir. Reibt mit beiden Händen über meine Länge. Ich packe ihr Haar und ziehe fest daran.

Sie gehört *mir*.

Ich bäume meine Hüften auf und ficke ihren Mund, doch das treibt ihr nur noch mehr Lust in die Augen. Meine Eier ziehen sich zusammen und … meine Befreiung bahnt sich ihren Weg in meinen Schwanz.

Mit einem lauten Brüllen, das den Raum erfüllt, komme ich und ein Ausdruck der Überraschung legt sich auf ihr Gesicht, als mein Saft tief in ihre Kehle spritzt. Sie lehnt sich zurück, schluckt alles hinunter und reibt mich weiter. Der Rest meines Spermas tropft an meinem Schwanz herunter und auf meinen Bauch, ein schimmerndes, funkelndes Blau.

Sie betrachtet es und beugt sich dann nach vorne, um es von mir abzulecken. „Du schmeckst … gut", haucht sie und macht mich sauber bis auf den letzten Tropfen.

Ich vergrabe wieder meine Hände in ihrem sirenenhaften Haar und ziehe sie daran zu mir. Halte sie fest.

Sie gehört uns, stimmt mein innerer Drache mir zu.

KAPITEL ZWANZIG

BRIXUS

*J*ch knurre in Miras Nacken. Ich liebe ihren Duft, auch wenn es etwas merkwürdig ist, wie er sich mit dem Erdbeer-Massageöl vermischt, das immer noch überall auf mir klebt.

Sie gleitet mit ihren Händen über meine Brust und dann an meinen Armen entlang. „Du bist so glitschig!" Sie lacht und reibt sich weiter an mir. „Und sehr ... fruchtig."

Bäh. Ich knurre wieder. Die Sache mit dem Massageöl werden wir *nicht* wiederholen. Obwohl ich es liebe, wie sich ihre weichen Hände anfühlen, wenn sie über mich gleiten.

Zum Teufel, vielleicht ist das Massageöl gar nicht so schlecht.

Sie knetet meine Muskeln mit ihren Fingern und mein Schwanz wird wieder fester. Ich ziehe ihren kleinen Körper näher an meinen, zufrieden damit, wie er perfekt zu meinem passt. Mein Drache ist ruhig und zufrieden. „Wie du deine Hüften bewegt hast", murre ich, „ich will, dass du das wieder für mich machst. Wo hast du das gelernt?"

Mira kichert und setzt sich auf mich. „Ich habe schon als Kind Ballett getanzt und später Kinder unterrichtet."

Ah. Das erklärt die Beinarbeit. Die Art, wie sie sich mit dem Schwert bewegt. Die anmutigen, geschmeidigen Abläufe ihrer Bewegungen. „Und es hat dir gefallen?"

„Ja, sehr sogar. Ich arbeite gerne mit Kindern. Ich vermisse sie." Sie hält inne und ein Anflug von Traurigkeit huscht über ihre Züge. Kurz darauf sehe ich wieder ein Lächeln auf ihrem Gesicht und sie bewegt ihre Hüften langsam, so wie sie es vorhin getan hat. „Aber jetzt ist alles gut. Jetzt habe ich dich, mit dem ich tanzen kann."

„Hmmm. Ich bin kein besonders guter Tänzer. Aber du kannst für mich tanzen, soviel du willst." Meine Hände packen ihre Hüften und wandern dann aufwärts, um über ihren Bauch zu streicheln. Ich verweile dort und stelle mir vor, wie sie aussehen könnte, wenn sie ein Kind austrägt. *Unser* Kind. „Schon bald werden wir ein eigenes Kind haben. Wir können eine ganze Schar zeugen und du kannst sie alle unterrichten. In Ballett, nicht in, … ähm, … in erotischem Tanz."

Mira lacht. „Natürlich."

Ein Vater zu sein, ist natürlich Teil meiner Pflicht – der Aufgabe, die mir übertragen wurde –, aber die Idee weckt in mir auch ein Gefühl der Vorfreude und Aufregung.

Warum fühlt sich das so gut an? So richtig? Aus meiner Brust kommt ein tiefes Summen – es ist mein inneres Biest, das seine Zufriedenheit äußert.

Wahre Gefährtin, drängt mein Drache.

Ich bin erstaunt über seine Beharrlichkeit. *Nein, nicht wahre Gefährtin.* Das ist überaus selten.

Aber ich kann die Gefühle, die in mir brodeln, nicht ignorieren. Das ursprüngliche Verlangen nach meiner kleinen blonden Gefährtin, das in mir wütet, ist beispiellos. Es ist wild und intensiv und vereinnahmend.

Ich hätte nie gedacht, dass ich so jemals wieder für

jemanden empfinden würde, nachdem ich meine Verlobte verloren habe. Sie bedeutet mir mehr, als ich es je für möglich gehalten hätte. Aber meine wahre Gefährtin zu finden?

Nein, das ist nicht möglich.

Liebe, drängt mein Drache. *Wir lieben sie.*

Ja, sage ich und er scheint damit zufrieden zu sein. *Ich bin froh, dass sie uns gehört.*

„Glaubst du, dass wir zuerst ein Mädchen oder einen Jungen bekommen?", frage ich Mira und ziehe meine Finger über ihren Bauchnabel.

„Ich bin mir nicht sicher. Es ist mir aber egal, solange wir nur eine Familie gründen können." In ihren Augen funkelt ein Strahlen und ich bin froh, dass es auch sie glücklich macht.

Ich bewege meine Hände, um ihre Brüste zu umschließen, und meine Daumen umkreisen ihre rosa Brustwarzen. Sie ziehen sich unter meiner Berührung sofort zusammen. Ihr Kopf kippt nach hinten, ihre rosa Lippen öffnen sich leicht und sie gibt einen sanften Seufzer von sich. Meine kleine Gefährtin macht immer nur leise Geräusche, kleine keuchende Seufzer der Lust.

Mein Tele-Armband summt, aber ich ignoriere es. Es gibt niemanden, mit dem ich reden möchte, zumal Mira gerade an mir hinabgleitet, um ihren feuchten Schlitz an meinem Schwanz zu reiben. Ich greife ihre Hüften und positioniere sie so, dass ich an ihrem Eingang bin.

Das Armband surrt unerbittlich weiter. „Vielleicht solltest du da rangehen", sagt Mira. „Etwas Wichtiges?"

Ich schüttle den Kopf, aber Mira schnappt sich mein Handgelenk und schaut auf das Display. „Es ist Danax. Er wirkt nicht sonderlich glücklich. Sie nur!"

Zu meinem Entsetzen gleitet sie von mir herunter, also werfe ich widerwillig einen Blick auf mein Armband. Sie hat recht – das Gesicht meines Bruders auf dem Bildschirm wirkt grüblerischer als sonst.

Ich knurre, will das Thema damit beenden, und greife nach Mira. Doch sie schüttelt den Kopf. „Du solltest mit ihm reden." Sie setzt sich auf ihre Füße und zieht sich die Decke bis zum Kinn.

Widerwillig tippe ich auf mein Armband und ziehe mir meine Hose an, während das Holo von Danax den Raum vor mir ausfüllt.

„Brixus. Es gibt einige wichtige Entwicklungen. Kannst du nach Na'Ru kommen? Es wäre gut, wenn du dich an der Diskussion beteiligst."

Mein Bruder war nie ein Typ für Smalltalk, aber so schnell kommt sonst nicht mal er auf den Punkt. Das klingt nicht gut. „Was ist los?", frage ich. „Tut mir leid, ich habe keine Zeit zu kommen."

„Es wäre nur für ein paar Tage. Du kannst Mira mitbringen – sie wird es genießen, Zeit mit den anderen Frauen zu verbringen."

„Ich kann nicht. Sag mir einfach, was los ist, Danax."

Er verengt seine Augen auf mich und ich weiß, dass er nicht verstehen kann, warum ich nicht im Palast wohne. Warum ich im Grunde alle meine Pflichten dort aufgegeben habe. Er hat keine Ahnung von meiner Mission und ich werde ihm auch ganz sicher nicht davon erzählen.

Er hat meinen Rachedurst nie geteilt. Die Dunkelheit hat ihn nie in ihren Bann gezogen, wie sie es mit mir gemacht hat.

Ich stoße einen tiefen Atemzug aus. „Ich wünschte, ich könnte helfen. Wenn es etwas gibt, das ich tun kann, sag mir Bescheid. Dann tue ich es von hier aus."

Ich kann im Moment auf keinen Fall verreisen. Die Crew und ich befinden uns in der letzten Phase der Vorbereitungen auf den Angriff. Es ist beinahe an der Zeit, nach Varghos aufzubrechen, und jeder Tag zählt.

Schließlich nickt Danax. „Es sind die Varghalier. Eine Gruppe von ihnen hat hier, auf unserem Planeten, Asyl beantragt."

Allein ihren Namen zu hören, lässt mein Blut vor Wut kochen. Habe ich meinen Bruder falsch verstanden? „Sie haben *Asyl* beantragt?"

„Ja." Er nickt stoisch, mit ausgeglichenem Gesichtsausdruck. „Es gibt ein neues Regime unter dem kürzlich ernannten Kriegskommandanten Tharzon. Sie haben ihre wissenschaftlichen Tests zur biologischen Kriegsführung verstärkt und sind dabei, zusätzliche Labors zu bauen. Sie wählen Zivilisten als Versuchspersonen aus."

Mira keucht neben mir. „Sie testen an ihren *eigenen Bürgern*?"

„Ja", sagt Danax. „Diejenigen, die ausgewählt wurden und sich geweigert haben, wurden inhaftiert und oft trotzdem zu den Tests gezwungen. Viele Varghalier haben andere Planeten um Hilfe gebeten. Eine dieser Gruppen sucht jetzt hier auf Xanthara Schutz."

„*Nein.*" Meine Stimme ist fast ein Brüllen. Eine weitere Woge der Wut fließt durch meine Adern. Neben mir fühle ich Mira zusammenzucken, aber die Wut blendet mich. „Auf keinen Fall. Sie haben unsere Weibchen ermordet, Brixus. Unsere Familien. Unsere *Gefährtinnen*. Und jetzt erwarten sie, dass wir sie aufnehmen?"

Mein Bruder schweigt einen Moment lang. „Ich verstehe dich, Brixus. Du hast viel durchgemacht. Das haben wir alle, seit das Virus freigesetzt wurde. Aber wir reden hier von Zivilisten, auch von Frauen und Kindern. Sie wollen uns nichts Böses."

Ich starre meinen Bruder ungläubig an, unfähig, seine

Worte zu begreifen. „Es spielt keine Rolle. Sie sind immer noch Varghalier. Sollen sie es doch versuchen. Wir werden sie nicht einreisen lassen."

Danax schüttelt den Kopf. „Brixus, da steckt mehr dahinter. Die varghalischen Flüchtlinge haben nicht nur den König um Schutz gebeten, sondern auch eine Hilfsgesuch an die Nixen geschickt. Sie regieren über die Isla de Mer und haben die Varghalier willkommen geheißen, dort, auf ihrer Insel, zu bleiben.

Isla de Mer. Die Insel, die direkt gegenüber unserem Bungalow im Ozean liegt. Ich kann sie durch das Fenster sehen, von meinem Platz auf dem Bett aus.

Nein. Das kann nicht wahr sein.

Der Teufel vor meiner Haustür?

Mein Bruder spricht weiterhin über die Flüchtlinge und ihre Anführerin, eine Varghalierin, aber ich höre ihm nicht mehr zu. Die roten Außerirdischen haben so viel Tod über unseren Planeten gebracht. Und jetzt wollen sie, dass wir sie mit offenen Armen empfangen?

Ich beende das Gespräch mit einem Gemurmel, das als Abschied reichen muss, und dann sitze ich da und atme tief durch. Mira legt ihre Hand in meine und obwohl sie so winzig ist, dass ich sie zerdrücken könnte, fühlt sie sich gut an. Tröstlich. Sie beruhigt mein inneres Tier und wir verbringen ein paar Minuten in Stille, während ich meine großen schwieligen Finger über ihre glatten weichen streiche.

„Ich muss bald nach Varghos aufbrechen", sage ich schließlich. „Ich muss dieser Sache einen Riegel vorschieben. Und zwar bald."

Traurigkeit huscht über das Gesicht meiner Gefährtin. „Ist es Auge um Auge, Brixus? Wenn du wirklich deinen Racheplan umsetzt und sie zerstörst, wie du es vorhast, wie wird das helfen? Es wird nur den Kreislauf der Vergeltung in Gang halten."

Es gibt keinen Kreislauf der Vergeltung. Ich werde alles niederbrennen. Ich werde alles zerstören.

„Ich muss es tun."

Sie ist für ein paar Augenblicke still, während ich meinen Gedanken nachhänge. Schließlich spricht sie. „Ich will nicht, dass du gehst."

„Es wird nicht lange dauern."

Angst blitzt in ihren Augen auf und sie nimmt meine Hand etwas fester.

„Was ist los?" Ich durchsuche ihr Gesicht nach Hinweisen.

„Es ist ... Es ist nichts", sagt sie, aber ich merke, dass das nicht stimmt.

„Sag es mir." Ich drücke ihre Hand. „Du kannst mir alles sagen."

Sie atmet tief ein ... und dann tut sie es. Sie erzählt mir alles über ihren Ex-Mann, jemanden, von dem ich nie etwas gewusst habe. Ich wusste nie, dass sie verheiratet war. Warum habe ich nicht daran gedacht zu fragen?

Der Schmerz und die Furcht strömen aus ihr heraus, während sie mir die Geschichte ihrer Flucht vor ihm erzählt. Ich kann kaum glauben, welche fürchterlichen Schrecken sie durchgestanden hat.

Als sie fertig ist, bin ich wütend auf das Monster, das es gewagt hat, seine Hände an meine Gefährtin zu legen.

„Ich verspreche, dass er dir nie mehr wehtun wird", gebe ich einen Schwur ab, der in meinem Herzen bereits besiegelt ist. „Bei mir bist du sicher."

Miras schöne, große blaue Augen starren mich an. „Aber du fährst nach Varghos. Du hast mir neulich Abend gesagt, dass du bei mir bleiben würdest. Wirst du auch dieses Mal bleiben und die Reise nicht antreten?"

Nein, das kann ich nicht tun. Ich muss tun, was ich versprochen habe. Ich werde Amarys und all die anderen Weibchen rächen, die gestorben sind.

Wenn ich zurückkehre, werde ich das mit Mira wiedergutmachen. Ich werde die Dinge in Ordnung bringen.

Ich fahre mit dem Daumen über ihre Unterlippe. „Ich kann nicht bleiben. Aber ich verspreche, dass ich zu dir zurückkomme. Solange ich weg bin, wird dir kein Leid geschehen, dafür werde ich sorgen."

KAPITEL EINUNDZWANZIG

MIRA

*B*rixus steht früh auf, aber ich liege im Bett und tue so, als würde ich schlafen. Er ist die letzten Tage über immer vor Sonnenaufgang aufgestanden, hat sich sofort zum Trainingsplatz begeben und ist erst nach Einbruch der Dunkelheit nach Hause zurückgekehrt. Er küsst meine Stirn und obwohl die Geste sanft ist, knistert die Energie um ihn herum wie ein Blitz.

Er ist nervös. Völlig aufgekratzt.

Die varghalischen Flüchtlinge sind bereits angekommen und obwohl sie auf der Isla de Mer bleiben und nicht in die Nähe des Festlandes oder unserer Hütte kommen, sehe ich, dass ihr Anblick Brixus innerlich zerreißt. Er verabscheut sie. Er hasst es, dass sie hier sind.

Ich habe mir nicht die Mühe gemacht, ihn zum Training zu treffen, und er hat auch nicht gefragt, ob ich komme. Er und seine Drachen fliegen jeden Tag, trainieren länger als je zuvor; bis in die späten Abendstunden hört man sie brüllen, kämpfen und schießen.

Sie werden bald nach Varghos aufbrechen.

Genau wie er sagte – er wird nicht bleiben. Nicht einmal

für mich. Sein Wunsch nach Vergeltung brennt so heiß in ihm, dass er für alles andere blind geworden ist.

Das Bett fühlt sich ohne ihn bereits leer an, und kalt auch, vor allem ohne sein inneres Feuer, das es wärmt.

Ich warte, bis ich höre, wie sich die Haustür schließt, erhebe mich aus dem Bett, dusche schnell und bereite mich auf den Tag vor. Meine Füße versinken bereits im Sand, als die Sonne ihre ersten Strahlen in Orange, Rosa und Gelb über das Wasser schickt. Auf der Isla de Mer sind die varghalischen Flüchtlinge wach, fischen entlang der Küste und bauen weiter an ihren Unterkünften. Die Dächer ihrer neugebauten reetgedeckten Hütten lugen durch die Bäume.

Als Teil meines Morgengrußes an die Sonne klettere ich auf die Felsen und lasse mich mit gekreuzten Füßen auf einem von ihnen nieder, den warmen Strahlen zugewandt. Dabei fällt mir ein Objekt auf den unteren Felsen ins Auge.

Ein Schwert.

Er ist mit einer silberblauen Scheide umhüllt, die an die Schuppen einer Meerjungfrau erinnert, und um sie herum ist alles ein wenig nass. Als ich einen Blick auf das Wasser werfe, sehe ich ein Platschen. Sanfte Wellen kräuseln sich über die kristallblaue Oberfläche.

Nemea!

Vorsichtig bücke ich mich und greife nach dem Schwert. Der Griff ist wunderschön – Intarsien aus Perlmutt und schimmernden Abalone-Muscheln. Als ich es aus der Scheide ziehe, empfinde ich die Klinge als etwas kurz und dünn. Aber sie fühlt sich gut in meinen Händen an, leicht und doch stabil, so viel besser als das klobige Holzschwert, das Brixus mir zum Üben gegeben hat.

Die Umrisse der Meerjungfrau sind unter den Wellen noch erkennbar.

„Nemea, ist das für mich?"

Sie plätschert als Antwort mit ihrer Schwanzflosse.

„Ich danke dir." Ich lächle die dunkle Gestalt der Meerjungfrau an, während ich das Schwert in meinen Händen drehe. Es glitzert im Sonnenlicht. „Es ist wunderschön!"

Sei stark, sendet Nemea. Und dann ist sie wieder weg, natürlich, bleibt nie lange, und verschwindet wieder in den Tiefen des Meeres.

Ich klettere von den Felsen zurück auf den Sand und kann es kaum erwarten, die Techniken mit meinem Schwert zu testen, die Brixus mir gezeigt hat.

Es fühlt sich an, als wäre es wie für mich gemacht, und ich liebe seinen Glanz. Ich stoße nach vorne. Ein Seitenschritt nach links. Ein sauberer Bogen durch die Luft.

Zisch.

Wusch.

Zing!

Die Zeit vergeht wie im Flug, während ich am Strand übe. Schließlich mache ich eine Pause und wische mir die Stirn ab, während ich über das Wasser auf die Insel hinüberblicke.

Eine weibliche Varghalierin steht dort, direkt am Strand, und beobachtet mich. Ich habe keine Ahnung, wie lange sie mir schon zugesehen hat. Zögernd winke ich, aber sie bleibt reglos wie eine Statue.

Ein unbehagliches Gefühl überkommt mich. Will sie etwas von mir? Ein paar unruhige Momente vergehen, während wir uns einfach nur anschauen. Schließlich macht sie auf dem Absatz kehrt um und verschwindet in den Bäumen.

War das die varghalische Anführerin, die Danax erwähnt hat?

Ich möchte weitertrainieren, aber jetzt bin ich abgelenkt. Mein Blick huscht immer wieder zur Insel hinüber. Wenige Minuten später taucht ein elegantes schwarzes Hovercraft aus dem Dschungel der Isla de Mer auf und bahnt sich seinen Weg über das Wasser. Es landet am Strand, nicht weit von mir entfernt, und das Türpaneel zischt auf.

Es ist die Varghalierin.

Sie trägt eine schwarze Lederhose und ein tailliertes schwarzes, ärmelloses Oberteil, das die kräftigen Muskeln an ihren vier Armen zeigt. Ihr wildes rotes Haar fließt ihr über die Schultern. Ihre Gesichtszüge sind wunderschön und typisch varghalisch – Haut wie Porzellan und herzförmige Lippen –, aber ihr Gesicht ist ausdruckslos.

Eine ihrer vier Hände greift nach der Scheide an ihrer Taille.

Sie zieht ein Schwert heraus – das in Größe und Form meinem sehr ähnlich ist, nur dass ihres einen wunderschönen Griff aus schwarzem Stein hat – und hebt es in die Luft.

Ich halte den Atem an. Mein Herz pumpt laut. Will sie gegen mich kämpfen?

Dann bricht sie in ein strahlendes Lächeln aus. „Hallo! Ich bin Nyx. Wollen wir zusammen trainieren?"

KAPITEL ZWEIUNDZWANZIG

BRIXUS

*R*avi brüllt mir laut ins Gesicht. Wir ringen, unsere Klauen ineinander verkeilt, und unsere Flügel schlagen kräftig, während wir in der Luft auf der Stelle schweben.

Rauchwolken bahnen sich ihren Weg aus meinen Nasenlöchern. Sowohl Ravi als auch ich stehen unter Strom. Wir kämpfen rauer als sonst, aber wir müssen beide Dampf ablassen.

Die varghalischen Flüchtlinge sind bereits hier und ich kann nicht mehr klar denken.

Eine gewaltige Flamme meines Drachenfeuers strömt aus meinem Schlund. Beinahe versengt sie Ravi, verfehlt einen seiner Flügel nur knapp. Es gelingt mir, einen meiner Hinterläufe zu befreien, und ich verpasse dabei meinem Stellvertreter einen Kratzer am Oberschenkel.

Er entblößt seine Zähne in einer drachenhaften Grimasse. *Was soll der Scheiß?*

Ich mache mir nicht die Mühe, ihm zu antworten, sondern brülle stattdessen und speie wieder Feuer. Meine Anspannung entlädt sich. Der Feind ist nur einen Steinwurf entfernt, direkt vor meinem Bungalowfenster.

Ich bin zu Recht stinksauer.

Ich schleudere Ravi beiseite und stürze mich in die Tiefe, tauche weit hinunter, bevor ich mich wieder in die Lüfte erhebe und auf ihn zuschieße. Mein Schwanz knallt auf seine Brust und lässt ihn durch den Himmel taumeln. Er streckt sich aus, dreht sich einmal um die eigene Achse und seine Augen blitzen feurig auf.

Er ist kurz davor, einen Gegenangriff zu starten, als das schlanke Luftkissenfahrzeug über unsere Köpfe hinwegzischt.

Aric ist da, sende ich ihm, presse meine Flügel fest an meinen Körper und tauche in Richtung Boden ab. Ravi folgt mir und kurz darauf sind wir wieder am Boden und haben uns auch schon verwandelt. Er funkelt mich an, während wir unsere Kleider anziehen.

Ich ignoriere ihn. Wir stehen beide kurz davor, die Nerven zu verlieren.

Wenigstens bringt Aric die letzte Lieferung unseres Equipments. Alles andere ist schon gepackt.

Alles ist bereit.

Die Vorfreude auf die Jagd brennt in mir. Wir bringen diese Aktion endlich zu Ende und dann kann ich zu Mira zurückkehren.

Zu meiner Gefährtin.

Auge um Auge? Miras Frage kommt mir in den Sinn, aber ich schiebe sie schnell beiseite. Darüber kann ich jetzt nicht nachdenken. Ich habe das schon so lange geplant und bald ist alles vorbei.

Es ist der einzige Weg. Welche andere Wahl habe ich?

Aric fährt die Rampe hinunter. „Seid ihr bereit?"

Ich nicke. „Noch ein paar Tage."

„Gut." Er hält inne. „Hast du schon gehört?"

„Was denn?"

Aric hebt eine Augenbraue. „Tja, verdammt. Dann wirst du gleich dein blaues Wunder erleben."

Ravi und ich tauschen einen Blick aus – ich vermute, dass er auch keine Ahnung hat, worum es geht.

„Die varghalische Regierung hat eine Ankündigung gemacht", fährt mein Cousin fort. „Alle Planeten, die Flüchtlinge beherbergen, müssen sie unverzüglich ausliefern. Das haben die meisten Planeten daraufhin auch getan. Cirreus Prime hat sich jedoch geweigert und die Varghalier haben ihnen offiziell den Krieg erklärt."

„Den Krieg? Ohne Verhandlungen?"

„Ja. Varghalische Kriegsschiffe sind heute Morgen dort gelandet. Die Hauptstadt von Cirreus Prime liegt in Schutt und Asche."

Verflucht! Das ging aber schnell.

„Und was ist mit Xanthara?"

Aric schüttelt den Kopf. „Weiß ich noch nicht."

Ravi knurrt leise. In seinen Augen flackert ein Inferno und seine Gesichtszüge wirken mit einem Mal boshaft. „Sie sollten nach Varghos zurückkehren", zischt er. „Sie alle. Die Flüchtlinge gehören nicht hierher. Es ist an der Zeit, dass wir diese ganze Sache ein für alle Mal beenden. Hast du ihn, Aric?"

Aric holt eine kleine Metallbox aus seiner Tasche. „Hier ist er." Er öffnet sie etwas widerwillig, um eine silberne Scheibe freizulegen.

Ich schließe meine Augen. „Was ist das?"

„Wie meinst du das?" Sein Blick wandert zwischen mir und Ravi hin und her. „Es ist das, was du bestellt hast."

„Was *ich* bestellt habe?" Ich schüttle den Kopf. Ich habe

dieses Ding noch nie in meinem Leben gesehen und habe auch nicht die leiseste Ahnung, was das überhaupt sein soll.

„Er weiß es wirklich nicht?" Arics Frage richtet sich an meinen Stellvertreter.

Ravi tritt betreten auf der Stelle. Zuckt die Achseln. „Nein."

Okay, jetzt bin ich genervt. „Sag es mir jetzt. Was soll der Scheiß?"

Mein Stellvertreter sagt nichts. Es ist Aric, der antwortet. „Es ist ein Anti-Gravitrino-Emitter. Ein Miniatur-Teilchenbeschleuniger. Als Ravi mich darauf angesprochen hat, habe ich ihm gesagt, wie gefährlich das Ding ist. Ich dachte, ihr beide wärt euch einig."

Die Erkenntnis trifft mich schwer und ich starre Ravi an. „Du hast eine Waffe bestellt, die ein *schwarzes Loch* erzeugt?" Obwohl ich noch nie eine solche Waffe gesehen habe, weiß ich sehr wohl, dass es sich dabei um eine der tödlichsten Waffen handelt, die es gibt. Der AGE arbeitet, indem er Atome aufeinanderschlägt, um dunkle Teilchen zu erzeugen, und wenn er durch hohe Hitze – etwa durch Drachenfeuer – gezündet wird, erzeugt er aus sich selbst heraus eine gigantische Leere.

Saugt alles ein. Erschafft *das Nichts*.

„Ich wusste, dass du nein sagen würdest", sagt Ravi wütend, „deshalb habe ich dich nicht gefragt. Ich wusste, dass ich die Sache selbst in die Hand nehmen musste."

Ich schüttle den Kopf und kann nicht glauben, dass er hinter meinem Rücken gehandelt hat. „Unser Plan war immer, reinzugehen und die Wissenschaftler zu töten. Das Labor zu zerstören. Der AGE würde die umliegenden Gebiete zerstören. Mit Sicherheit die ganze Stadt und vielleicht sogar die umliegenden Dörfer. Das ist nicht das, was wir vereinbart haben."

Ravis Gesicht ist todernst und in seinen Augen tobt ein wütender Sturm. „Sie haben uns unsere Weibchen weggenommen. Unsere Familien." Seine Stimme ist kratzig und strotzt vor Wut, aber auch vor Schmerz. Er hatte bereits eine Gefährtin und eine Tochter, bevor das Virus sie dahinraffte.

Ich zwinge mich, tief durchzuatmen, um etwas von dieser Wut loszulassen. „Ich verstehe, was du durchmachst, Ravi. Aber wenn wir diese Waffe einsetzen, werden wir Unschuldige in Gefahr bringen. Das ist zu viel."

Es würde mehr Dunkelheit schaffen, als sich irgendeiner von uns jemals vorstellen könnte. Ich möchte mich über die Dunkelheit erheben … und nicht tiefer in ihr versinken.

„Wenn wir diese Waffe *nicht* einsetzen, werden wir es nicht schaffen", knurrt Ravi. „Zwölf Jungs – egal wie viele Waffen wir haben oder wie gut wir kämpfen – wir werden es nicht lebend da rausschaffen. Die Varghalier haben es verdient, Brixus. Sie verdienen alles, was wir ihnen geben."

Bis ich zum Bungalow zurückkehre, bin ich erschöpft und kann nur noch daran denken, Mira nahe zu sein. Sie wärmt das Abendessen für mich auf dem Herd auf – das tut sie immer –, aber ich habe Appetit auf etwas anderes.

Ich will sie schmecken, sie ficken, mich tief in ihr vergraben, bis ich mich völlig in ihr verliere.

Ihre Augen leuchten auf, als sie mich sieht, und ich schließe sie in meine Arme, meinen kleinen menschlichen Sonnenschein. Die Kätzchen stürzen sich auch auf mich und ich erlaube es ihnen, genieße meine kleine Familie.

„Brixus!", ruft sie. „Du wirst nicht glauben, was heute passiert ist! Ich habe dieses Geschenk erhalten. Es ist ein …"

Ich stürze mich auf sie und erobere ihren Mund mit

meinem. Ich möchte dem zuhören, was sie zu sagen hat, aber ich kann nicht zusehen, wie sich ihr sinnlicher Mund bewegt, ohne über ihn herzufallen.

Sie ist Butter in meinen Händen – weich und warm. Als wir endlich Luft holen, streichle ich mit einem Daumen über ihre Lippen. „Es tut mir leid. Was wolltest du mir erzählen?"

Sie wiederholt ihre Geschichte. Es hat etwas mit einem Geschenk und einer neuen Freundin zu tun, und obwohl ich sehe, wie sich ihre Lippen bewegen und ihre süße Stimme den Raum erfüllt, erreichen ihre Worte mich nicht. Alles, was ich sehe, ist sie. Ich schwöre mir, dass ich mir morgen all ihre Geschichten anhören werde.

Ein wildes, primitives Bedürfnis donnert durch meine Brust.

Knurrend ziehe ich ihr Kleid herunter, um ihre Brüste freizulegen, und nehme sie in meine rauen, schwieligen Hände. Sie sind so groß und fehl am Platz auf ihrer blassen zarten Haut und doch wimmert sie, als ich ihre Brustwarzen sanft streichle. Ihr Mund formt meinen Namen. Der Duft ihrer Erregung hüllt mich ein und entzündet wieder dieses Feuer zwischen uns.

Ich könnte sie verletzen. Sie brechen. Meinem inneren Tier gestatten, sie mit Haut und Haar zu verschlingen.

Sie öffnet ihre Beine weit und ihre Säfte glitzern bereits auf ihren Falten. Ich streiche über die Außenseite ihrer Muschi und zeichne den Eingang mit meinem Daumen nach, bevor ich sie sanft für mich öffne. Meine Finger ebnen ihre geschwollenen Lippen und umkreisen ihre Klitoris. Ihre kleine Knospe schwillt unter meiner Berührung an und braucht nur noch ein paar weitere Streicheleinheiten, bevor sie unter meiner Hand zittert und von der Kraft ihres Orgasmus überrollt wird.

Ich tauche in sie ein und stoße hart zu. Sie wimmert wieder meinen Namen und bettelt um mehr.

Sie bringt die Bestie in mir zum Vorschein. Und sie besänftigt sie, bringt sie zur Ruhe. Bei ihr ist mein Drache zu Hause. Wir beide sind es.

Gefährtin, zischt mein Drache ganz und gar zufrieden.

Unsere wahre Gefährtin.

KAPITEL DREIUNDZWANZIG

MIRA

„*A*usfallschritt!", fordert Nyx.

Ich befolge ihre Anweisung und stoße meine Klinge vorwärts auf sie zu, während sie rückwärts über den Sand hüpft. Ich stoße noch einmal zu … und noch einmal, … aber sie weicht dank ihrer wendigen Beinarbeit geschickt aus. Ihr Körper bewegt sich fließend und geschmeidig, geht mit Leichtigkeit von einer Bewegung zur nächsten über.

Sie bringt mir eine Art Tanz bei, einen Tanz mit Waffen.

Wir halten inne, um uns zu sammeln, und beobachten einander gegenseitig, beide in Kampfhaltung. Wir schwanken leicht auf unseren Füßen. Mein Puls ist hoch, aber mein Atem ist gleichmäßig.

Ich konzentriere mich auf mein Ziel – Nyx, deren grimmige grüne Augen mich herausfordern, Risiken einzugehen, die ich noch nie zuvor in Betracht gezogen habe.

Ich verlagere mein Gewicht, vorwärts und rückwärts. Meine Beinmuskeln beugen sich, finden die perfekte Balance und bereiten sich darauf vor, loszuspringen.

„Nochmal!", ruft Nyx und ich mache einen weiteren Ausfallschritt.

Nyx weicht aus, springt aus dem Weg … und dann ist sie über mir und ihre Klinge saust von oben herab. Ein schneller Sprung zur Seite lässt mich ihrem Angriff entkommen. Meine Füße tanzen über den Sand und ich beuge und drehe mich, um ihren Bewegungen weiter auszuweichen.

Es ist erst der zweite Trainingstag mit ihr, aber ich habe schon so viel gelernt. Nyx' Kampfstil ist anders. Nicht diese militärische Präzision wie bei Kat oder Brixus' rohe Gewalt. Stattdessen kämpft sie wie ein Panther, geschmeidig und schnell. Ihre Geschicklichkeit im Umgang mit der Waffe ist mit nichts zu vergleichen, das ich jemals zuvor gesehen habe – jede Bewegung geht anmutig in die nächste über.

Ihr Stil gefällt mir. Während ich lerne, mein Schwert zum Singen zu bringen, bekomme ich auch selbst Lust zu singen.

Heute hat sie mich auf die Isla de Mer eingeladen. Obwohl der Sand dort genauso weich und warm ist wie an meinem Strand und die Dschungelvegetation dieselbe ist, fühlt sich hier alles anders an. Es ist merkwürdig, aus dieser Richtung hinauszuschauen, über das Wasser, auf die Hütte, in der Brixus und ich leben. Ich wage es nicht, den Blick von meiner Gegnerin abzuwenden, um hinzusehen, aber ich höre meinen Gefährten und seine Drachen in der Ferne brüllen.

Ihre Abreise steht kurz bevor. Es hat keinen Sinn, ihn noch einmal zu bitten, zu bleiben.

Er wird es nicht tun, egal was ich sage.

Ich springe auf Nyx zu. Wir tänzeln wieder umeinander herum und unsere Klingen schwirren und zischen durch die Luft. Mein Schwert fühlt sich gut an in meiner Hand, leicht und frei, und ich probiere ein paar neue Bewegungsabläufe aus. Eine Drehung. Einen Seitenschritt. Eine gedrehte Beuge, die ich gerade noch rechtzeitig vollende, um einen weiteren von Nyx' Angriffen zu zu abzuwehren.

Nyx ist schnell wie ein Blitz und ihr rotes Haar schwingt

mit jeder ihrer Bewegungen auf ihrem Rücken mit. In ihren Zügen zeigt sie eine starke Entschlossenheit und ich habe Mitleid mit denen, die in der Vergangenheit gegen sie gekämpft haben.

Aber ich vertraue ihr voll und ganz damit, mich auszubilden. Sie ist eine geduldige, aber strenge Lehrerin und eine natürliche Führungspersönlichkeit. Ich habe bisher nicht ein einziges Mal an ihren guten Absichten gezweifelt.

Auch wenn sie Varghalierin ist.

Wir setzen unser Duett fort, bewegen uns beide mit schneller, geschmeidiger Fußarbeit. Ein weiterer Seitenschritt. Noch ein Ausweichmanöver. Ich stürze mich auf sie, halte mein Schwert so, wie sie es mir beigebracht hat, und erwische sie für einen Augenblick unvorbereitet …

Ich keuche, als die Spitze meines Schwertes über ihrem Halsansatz schwebt.

Wir stehen ein paar Momente lang da, ihre intensiven Augen auf meine gerichtet, während ich schwer atme. Ich bin noch nie so weit gekommen, noch nie war ich ihr so nahe.

Meine Hände zittern, während mein Selbstvertrauen durch die Decke geht.

„Gut gemacht, Mira." Sie lacht und ich senke mein Schwert. „Du machst dich jeden Tag so viel besser."

„Danke." Ich spüre, wie sich ein breites Grinsen auf meinem Gesicht ausbreitet.

„Und jetzt komm mit." Sie legt ihren Arm sanft um meine Schultern. „Lass uns eine Pause machen. Ich würde mich dich gerne meiner Familie vorstellen."

„Deiner … Familie?"

„Ja." Das Lächeln auf ihrem Gesicht ist echt. „Sie sind alle zu Hause. Es sei denn, du willst nicht."

„Oh, ich will!", sage ich schnell. Natürlich wäre es nachvollziehbar, dass sie eine hat, auch wenn sie die knallhart ist. „Ich habe nur –"

„Schon okay", sagt Nyx warmherzig. „Ich weiß, unsere Spezies hat bei euch nicht den besten Eindruck hinterlassen. Hoffentlich kann ich dir einen anderen Eindruck von unserer Kultur vermitteln. Schwarze Schafe gibt es überall."

Eine Gruppe varghalischer Kinder hat sich versammelt, um uns beim Training am Strand zuzusehen, und sie schauen neugierig zu, wie wir über den Sand stapfen. Ich winke ihnen zu und einige von ihnen winken schüchtern zurück. Ein paar von ihnen laufen uns hinterher und folgen uns in den Dschungel.

Einmal im Regenwald angekommen, erlebe ich ein reges Treiben. Männliche und weibliche Varghalier helfen beim Bau von Häusern. Andere kümmern sich um Gärten. Eine kleine Fläche wurde für den Bau von Booten gerodet und mein Blick verweilt auf Hightech-Baumaterialien, die ich noch nie zuvor gesehen habe.

Kinder laufen umher, manche spielen mit Laserspielzeugen, während andere auf Bäume klettern oder Fangen spielen. Ausgefallene Hovercrafts parken neben den Häusern. Es ist eine seltsame Verschmelzung von Technologie und Bescheidenheit, wie die Varghalier hier inmitten der Natur des Waldes leben. Fröhliches Geplauder erfüllt die Luft und das Lachen der Kinder hallt durch die Bäume.

Es ist nicht so, wie ich mir eine varghalische Gemeinschaft vorgestellt hatte. Den Gerüchten zufolge, die ich gehört habe, sind die Varghalier ein schreckliches und blutrünstiges Volk. Fixiert auf ihre Vergeltung. Ich hätte nie erwartet, dass sie ein einfaches, glückliches Leben führen würden – dieselbe Art von Leben, die ich mir für mich vorgestellt habe.

„Nyx, kannst du mir bitte sagen, was passiert ist?", frage

ich, als sie mich auf einen schmalen Pfad zwischen den Häusern führt. „Eure Regierung hat begonnen, an euch allen Tests durchzuführen?"

„Ja." Nyx dreht sich zu mir um und in ihren Augen erkenne ich Wut. „Der neue Kriegskommandant ist jetzt übermächtig geworden. Gierig. Er hat ziemlich großen Einfluss auf die Regierung, zumal der Kaiser alt und schwach geworden ist. Der Kaiser ist mit allem einverstanden, was er sagt, und leider glaubt Kriegskommandant Tharzon, dass Biowaffen die Antwort auf alles sind."

„Was genau will er?"

„Zerstören und erobern. Benachbarte Planeten unter sein Kommando bringen."

Ich schüttle verwirrt den Kopf. „Der Kriegskommandant plant, Varghos zu verlassen?"

„Nein. Er will auf Varghos bleiben. Aber er will die Kontrolle über alles haben, einfach um zu beweisen, dass er es kann. Und an wem könnte er seine Waffen besser testen als an seinen eigenen Bürgern?"

Ich versuche diese Vorstellung in meinen Kopf zu kriegen, aber es gelingt mir nicht. Er will Macht einfach um der Macht willen, auch wenn es Leid auf seinem eigenen Planeten bedeutet. „Es tut mir leid, das zu hören. Es muss fürchterlich gewesen sein, sich zu fragen, ob du oder deine Familie die nächsten sein würdet."

Nyx nickt. „Mein Gefährte *wurde* ausgewählt. Es gab eine neue Entwicklung in den Labors, … ein weiteres Virus." Sie hält inne und wirkt mit einem Mal traurig. „Die Auserwählten sind nicht zurückgekehrt. Da wussten wir, dass wir sofort den Planeten verlassen müssen. Auf Varghos gegen das Regime vorzugehen, hätte unweigerlich zum Tod meines Gefährten geführt."

Wir gehen einige Minuten lang schweigend den Weg

entlang und die Geschichte von Nyx und ihrer Familie geht mir ans Herz. Die Schlange der neugierigen Kinder hinter uns ist länger geworden und eines von ihnen läuft zu uns nach vorne, um mir eine leuchtend orangefarbene Blume zu reichen.

„Sie haben noch nie einen Menschen gesehen", sagt Nyx. „Schon gar keinen mit Haaren wie Eis."

„Oh." Ich werde verlegen. „Danke", sage ich zu dem kleinen Jungen, bevor er davonhüpft. „Und was werdet ihr jetzt tun? Habt ihr vor, hier auf der Insel zu bleiben?"

„Vorläufig. Bis wir wissen, wie es weitergehen soll. Wir verstehen, dass wir auf diesem Planeten nicht sehr gern gesehen sind, und wären nicht die wohlwollenden Nixen gewesen, hätten wir uns einen anderen Ort suchen müssen."

„Nun, ich bin froh, dass ihr da seid." Ich drücke ihre Hand und sie schaut mich an, als ob sie von meiner Geste überrascht wäre. „Ihr solltet euch nicht um solche Dinge sorgen müssen. Niemand sollte das."

„Ich danke dir." Nyx lächelt mich aufrichtig an. „Da wären wir. Mein Zuhause."

Ein kleines Mädchen stürmt aus dem Inneren eines Bungalows und sie sieht aus wie eine kleine Version von Nyx. Sie ruft etwas in ihrer Muttersprache, das ich nicht verstehe, und ein breites Grinsen legt sich über ihr Gesicht. Sie nimmt Nyx an der Hand und schaut neugierig zu mir auf.

„Das ist eine meiner Töchter."

Ich begrüße das kleine Mädchen.

„Bitte, komm herein." Nyx legt ihre Hand sanft auf meinen Ellbogen.

Das Innere der Hütte ist luftig und einfach, mit großen Fenstern und moderner Technik. Ein weiteres kleines Mädchen spielt mit allen vier Händen ein Videospiel auf einem großen Bildschirm, während ein schwerfälliger Krieger in der Küche Töpfe mit Essen umrührt. Er führt einen Löffel an seine Lippen, um zu kosten, was er gerade zubereitet, und dreht sich dann zu uns um. Er scheint entsetzt zu sein, dass wir ihn dabei erwischt haben, wie er das Essen probiert hat, und legt den Löffel schnell wieder weg.

Nyx lacht und stellt mir ihren Gefährten und ihre andere Tochter Rey vor.

Rey kommt schüchtern herüber und stellt mir eine Frage auf Varghalisch.

„Sie möchte wissen, ob du zum Abendessen bleiben kannst. Ich würde mich sehr freuen!"

„Oh!" Ich halte inne und schaue auf mein Tele-Armband. Es ist erst später Nachmittag und Brixus ist in letzter Zeit immer erst weit nach Einbruch der Dunkelheit nach Hause gekommen. „Es gibt nichts, was mich davon abhält. Ich würde mich auch sehr freuen. Danke."

Bald darauf setzen wir uns zum Essen hin und Gelächter und Gespräche füllen den Raum. Nyx und ihr Gefährte sprechen mit mir in intergalaktischem Standard, während die Kinder aufgeregt in ihrer Muttersprache unterbrechen. Das Essen ist köstlich und Nyx' Gefährte läuft knallrot an, als ich ihm das sage. Ich gebe mir Mühe, ein Kichern zu unterdrücken, um ihn nicht noch mehr in Verlegenheit zu bringen.

Es ist schwer vorstellbar, dass er – sie alle – sich in riesige, krebsähnliche Bestien verwandeln können.

Die Zeit vergeht wie im Flug und als es an der Tür klopft, dreht Nyx sich überrascht um. „Erwarten wir jemanden?"

„Nein." Ihr Gefährte steht auf und geht zur Tür.

Als er sie öffnet, steht Brixus davor und sein Ausdruck ist grimmig.

Er ist nicht glücklich. Kein bisschen. Er funkelt Nyx und ihren Gefährten an, bevor sein glühender Blick auf mir landet. „Es ist Zeit zu gehen, Mira. *Sofort.*"

⌒

„BRIXUS, ES GEHT MIR GUT", sage ich und gehe zu ihm. „Es ist alles in Ordnung."

Offensichtlich findet mein Gefährte *nicht*, dass die Dinge in Ordnung sind. Jeder Muskel in seinem Körper scheint angespannt zu sein und er wirkt regelrecht blutrünstig.

Er packt mich fest am Ellbogen. „Komm."

„Es tut mir leid … Danke …", rufe ich Nyx und ihrer Familie zu, bevor Brixus mich zur Tür hinauszieht.

Sobald wir unter den Bäumen sind, befreie ich mich schnell aus dem Griff meines Gefährten und sehe ihn an. „Was ist los mit dir?"

„Ich habe dich überall gesucht", knurrt Brixus. „Warum hast du nicht auf meine Nachrichten geantwortet?"

Ich schaue auf mein Tele-Armband, um festzustellen, dass er tatsächlich versucht hat, mich zu kontaktieren. „Es tut mir leid. Ich hätte nicht gedacht, dass du so früh nach Hause kommen würdest. Ich habe das Zeitgefühl verloren und das Summen des Armbands nicht gehört. Aber du hättest wenigstens Hallo zu Nyx sagen können –"

„Ich habe mir Sorgen gemacht." Brixus' Augen glühen. „Ich konnte dich im Bungalow nicht finden. Ich habe den ganzen Dschungel durchkämmt. Schließlich bin ich auf die Insel gekommen und war gezwungen, unsere *Feinde* um Hilfe bei der Suche nach dir zu bitten."

Der Blick meines Gefährten schweift durch die kleine Nachbarschaft. Er verweilt auf ein paar Varghaliern, die sich im Freien aufhalten – die Erwachsenen gehen ihren Beschäftigungen nach, während die Kinder uns unverhohlen anstarren.

„Brixus, das sind nicht unsere Feinde! Das sind Wesen, die einfach versuchen, das Beste aus einer schrecklichen

Situation zu machen. Sie versuchen nur, ihr Glück zu finden."

„Sie sind *Varghalier*. Was machst du hier draußen mit ihnen, Mira?"

Bei seinem Tonfall kommen mir die Tränen, aber ich blinzle sie weg und richte meine Schultern auf. „Nyx ist meine Freundin. Ich habe versucht, dir zu sagen, dass ich sie kennengelernt habe, aber du wolltest nicht zuhören. Sie hat mit mir trainiert –"

„Dich trainiert? *Nein*. Ich verbiete dir, jemals wieder hierher auf diese Insel zu kommen, um sie zu besuchen. Sie sind nicht deine Freunde."

„Du *verbietest* es mir?" Ich verschränke meine Arme über meiner Brust und funkle ihn an. Zu meinem Entsetzen laufen mir ein paar Tränen über die Wangen. „Ich habe dich geheiratet, Brixus, aber ich gehöre dir nicht. Ich darf meine eigenen Entscheidungen treffen."

„Manche dieser Entscheidungen sind nicht gut für deine *Sicherheit*."

„Das sind Familien mit Kindern", betone ich. „Hätte ich sie für gefährlich gehalten, wäre ich nicht hierhergekommen!"

Der Kiefer meines Gefährten spannt sich an und seine Nackenmuskeln werden fest. Für einen Moment schweigen wir beide, während wir vor Wut schäumen. Langsam stößt er einen großen Atemzug aus.

„Es tut mir leid." Brixus' Stimme wird leiser. „Bitte verzeih mir."

Er versucht, meine Arme sanft zu ergreifen, aber ich gleite aus seinem Griff heraus. Er kann sich entschuldigen, soviel er will, aber er versteht es immer noch nicht.

„Die Varghalier zu hassen löst nichts", sage ich leise. „Er wird die Toten nicht wieder auferstehen lassen. Hass führt nur zu noch mehr Hass – sollten wir uns nicht lieber auf die Suche nach dem Guten konzentrieren?"

Das Feuer in Brixus' Augen erlischt. Er kämpft immer noch gegen die Schatten, ich weiß es. Er schiebt die in ihm hausende Dunkelheit auf andere, anstatt einfach zu akzeptieren, was Sache ist.

„Es gibt keinen Tag ohne Nacht. Die Dunkelheit kann ohne das Licht nicht existieren, Brixus. Sei stolz auf deine Schattenseite."

Ein leises Knurren kommt aus seiner Kehle und ich fürchte, ich habe ihn bereits verloren.

„Bitte. Du musst beide Teile deiner Persönlichkeit akzeptieren. Wirst du einen anderen Weg wählen?"

Er hält inne. Seine Augen glühen. „Ich kann nicht. Ich muss beenden, was ich begonnen habe. Wir reisen morgen ab. Ich fliege nach Varghos und du wirst zu deiner eigenen Sicherheit im Palast bleiben, bis ich zurückkehre."

KAPITEL VIERUNDZWANZIG

MIRA

Mein altes Schlafzimmer im Palast sieht noch genauso aus wie damals, als ich es verlassen habe. Es hat etwas Tröstliches, als ob ich zu einem alten Freund zurückkehren würde. So überrascht ich bin, dass sie es nicht an eine andere Frau aus der neuen Zuchtkohorte weitergegeben haben, so froh bin ich, dass es noch für mich da ist.

„Bist du sicher, dass du nicht in Brixus' Gemächern schlafen möchtest?", fragt Piper, während sie mir mit Trixie und Max' Transportboxen folgt. „Es sind jetzt natürlich auch deine Gemächer. Sie sind so viel größer und schöner und, Himmel, Brixus hat sie nicht mehr benutzt, seit –"

„Nein, es ist okay." Ich schaffe es, ein Lächeln aufzusetzen. „Trotzdem danke."

Piper hält inne und mustert mein Gesicht. „Hey, ... gehts dir gut? Alles in Ordnung zwischen euch beiden? Du hast gesagt, dass du uns besuchen wolltest, und ich war so aufgeregt, dass ich gar nicht gefragt habe, ob es einen Grund dafür gibt."

„Mir geht es gut. Uns." Wieder lächle ich verstohlen. „Er will, … ähm, … Arbeiten am Haus erledigen. Ich dachte, das wäre der perfekte Zeitpunkt für einen kleinen Trip in die Stadt." Ich fühle mich schrecklich dabei, sie so anzulügen, aber ich kann ihr nicht von Brixus' Mission erzählen.

Das darf ich auf keinen Fall, auch wenn Brixus schon weg ist. Auch wenn ich ihn angefleht habe, zu bleiben und eine andere Lösung zu finden.

Uns geht es *nicht* gut, ganz und gar nicht.

Auf der Reise nach Na'Ru ist mir meine eigene Traurigkeit erst so richtig bewusst geworden, aber jetzt nimmt bereits eine gewisse Abgestumpftheit ihren Platz ein.

„Tja, … okay." Piper schaut mich noch einmal an. „Du weißt, du kannst mir oder Kat alles sagen."

„Ich weiß."

Nein, das kann ich nicht. Und die ganze Sache zerreißt mich innerlich.

„Willkommen zurück, Mira", piepst Artenax, als sein Droiden-ähnliches Gesicht auftaucht. „Es ist schön, Sie zu sehen."

„Ich habe dich vermisst, Artenax." Ich lächle den Bot an, denn auch seine Anwesenheit tröstet mich.

Ich schiebe mein Gepäck in eine Ecke und packe meinen Rucksack zusammen mit meinem Schwert zur Seite. Piper stellt die Box ab und lässt meine süßen kleinen Biester heraus, die sofort ins Atrium springen, um sich am Stamm eines Baumes zu erleichtern.

Piper bricht in Gelächter aus, während Artenax alarmiert piepst und etwas über Katzenkörbe murmelt.

Als ich die Kätzchen beobachte, wie sie das neue Zimmer erkunden, ist mein Lächeln zur Abwechslung aufrichtig. Max fegt wie verrückt auf und ab, während Trixie viel vorsichtiger ist.

„Sie sind bezaubernd", sagt Piper und grinst. „Also, ich lasse dich jetzt erst mal in Ruhe auspacken und ankommen. Vielleicht können du, ich und Kat nachher etwas essen gehen?"

„Großartig. Das wäre toll." Ich drücke ihre Hand und sehe zu, wie sie zur Tür hinausspaziert.

Ich sitze auf der Bettkante und lasse das stumpfe Gefühl überhandnehmen. Ich lasse die Dinge tiefer sacken.

Brixus ist weg.

Auf dem Weg nach Varghos, mit Volldampf auf seiner Mission, die Welt zu zerstören.

Nicht, weil er es muss, sondern weil er es *will*. Ich habe mein Herz an ihn verloren, aber seines war im Gegenzug nie für mich frei.

Ich hätte es besser wissen müssen, als mich in eine Bestie zu verlieben.

Die Kätzchen toben um mich herum, knabbern an mir und miauen fröhlich, und ich kuschle sie in meine Arme. Zumindest habe ich die beiden.

Eine einsame Katzendame.

Das bin ich.

Ich umarme sie ganz fest, besänftigt durch ihr unglaublich weiches Fell und Trixies Schnurren. Ich könnte den ganzen Tag hier bleiben, wirklich …

Ein schriller Alarm hallt durch das Zimmer und Trixie schießt auf meinen Schoß. Max jault laut auf und klettert einen Baum hoch. Rote Lichter – die Art, die für einen Notfall gedacht sind – blitzen an der Decke entlang auf.

Oh! Was ist hier los?

Mein Tele-Armband summt …

Und es ist Kat.

Mein Herz klopft laut, als ich antworte. „Was … Was ist los?"

Kats Gesicht auf dem Holo wirkt besorgt. „Mira, hör mir genau zu. Mehrere varghalische Kriegsschiffe haben es geschafft, unbemerkt in unseren Luftraum einzudringen."

„Varghalische *Kriegsschiffe* sind hier?"

„Ja. Wir werden angegriffen."

KAPITEL FÜNFUNDZWANZIG

BRIXUS

*W*ir starten erfolgreich mit Morg und Ingus als kompetente Piloten der *Chimera*. Ich halte mich im schlanken Cockpit des Raumschiffs auf und mein Blick schweift über das endlose Universum mit all seinen Sternen, während unser Planet hinter uns immer kleiner wird.

Elektrizität knistert schwerelos in der Luft. Unsere Erwartungen sind umso schwerer und gedrückter. Entschlossenheit, zusammen mit Schweiß und Schmerz, durchdringt das Schiff.

Es ist endlich an der Zeit, unsere Verluste zu rächen.

Unser Handelsraumschiff ist kompakt, viel kleiner als ein xantharianisches Kriegsschiff, aber unsere Strategie besteht darin, zu täuschen und zu tarnen. Obwohl man das Schiff an der Raumstation vor Varghos trotzdem durchsuchen wird, habe ich keinen Zweifel daran, dass wir es durch die Kontrollen schaffen werden. Der Frachtraum ist mit seltenen Shakshi-Pelzen und anderen Gütern gefüllt, unter denen unsere Waffen versteckt sind.

Und wenn wir erst einmal gelandet sind und das Crimson Lab infiltriert haben, werden die Varghalier nicht wissen, wie ihnen geschieht. Wir haben Geschwindigkeit, Wendigkeit und rohe Kraft auf unserer Seite, zusammen mit dem Überraschungsmoment.

Wir sind so weit.

Die Bestie in jedem einzelnen meiner Krieger ist bereit, ... aufgedreht und angeheizt, ... erfüllt von einem wilden, ungezähmten Rachedurst.

Niemand spricht, vorrangig deshalb, weil es nichts zu reden gibt. Mit Ausnahme von Zaar und Horaz, die leise ein Holo unserer Flugbahn nach Varghos besprechen, sitzen alle anderen. Und warten. Entschlossene, wilde Gesichter ringen mit inneren Drachen.

Was meinen eigenen Drachen betrifft, so ist er völlig aufgebracht. Miras schönes Gesicht geht mir durch den Kopf. Tränen benetzten ihre Wangen und beim Gedanken daran, ihr Schmerz und Enttäuschung zu bereiten, zieht sich mein Magen zusammen.

Verkrampft sich. Droht, zu zerbersten.

Auge um Auge, Brixus?

Ja ... Was denn sonst.

Ich habe sie mit dem, was ich getan habe, gekränkt. Ich habe mich entschieden, zu gehen, diese Sache hier durchzuziehen.

Gefährtin. Unsere wahre Gefährtin. Mein inneres Biest hat den ganzen Morgen gefaucht und gewütet, während mein Liebeskummer sich wie ein Lauffeuer in mir ausgebreitet hat. *Wir müssen zu ihr zurückkehren!*

Ich muss mich zusammenreißen, um Morg und Ingus nicht aus ihren Sitzen zu schubsen und das Schiff umzukehren.

Ich halte mich am Rand eines Armaturenbretts fest und spüre, wie mein Gesicht sich schmerzerfüllt verzieht. Ich kann es nicht mehr leugnen.

Mira *ist* meine wahre Gefährtin.

Mein Drache hat sie auserwählt. Diese ursprüngliche, tief sitzende Liebe für sie ist so mächtig, dass sie mich in Stücke zu reißen droht. Ich klammere mich fester an das Paneel und kämpfe gegen den Drang, es einfach aus der Wand zu reißen und quer durch das ganze Schiff zu schleudern.

Aber wir können jetzt nicht mehr zurück. Mein Blick schweift erneut über meine Kameraden. Wir sind so weit gekommen, haben diese Mission so präzise geplant …

Wir müssen sie zu Ende bringen.

Und danach …

Was dann?

Mein Blut tost laut in meinen Ohren, was es mir schwer macht, etwas zu sehen oder zu denken. Und danach … ist alles offen.

Für so lange Zeit konnte ich nur an diese Mission denken, daran, die Wissenschaftler zu töten, die Amarys und den Rest der Weibchen ermordet haben. Eine ganz eigene Art von Wahnsinn hat mich langsam in ihren Besitz genommen, hat mich geblendet und mir nicht erlaubt, die Wahrheit zu sehen.

Die Dunkelheit kann ohne das Licht nicht existieren, Brixus. Du musst beide Teile deiner Persönlichkeit akzeptieren.

Wieder sehe ich Miras Gesicht vor meinem inneren Auge. So wunderschön. So süß. Sie ist eines guten und treuen Gefährten würdig – ein wütendes Tier wie das, in das ich mich verwandelt habe, hat sie nicht verdient. Eine Dunkelheit lebt in mir, eine, die ich nicht ignorieren kann.

Sie wird Mira nur mit in den Abgrund ziehen.

Sie windet sich in mir und erlaubt mir nicht, diese Mission, die ich mir selbst auferlegt habe, abzubrechen. Aber wenn wir die Wissenschaftler töten und ihr Labor zerstören, was bleibt uns dann noch?

Nur noch mehr Blutvergießen, wie Mira sagt.

Aber jetzt umkehren? Ich löse meinen Griff von dem Armaturenbrett und sehe mich noch einmal langsam auf dem Schiff um. Jeder meiner Krieger nimmt Blickkontakt mit mir auf. Sie sind da. Sie sind bereit. Ich habe sie bis hierhergeführt.

Soll ich denn jetzt diese Mission wirklich abbrechen? Sie alle im Stich lassen?

Frustriert fahre ich mir mit den Händen über mein Gesicht, verlasse das Cockpit und betrete einen angrenzenden Bereich. In einer Nische in der Wand steht das Kästchen mit dem AGE-Sender – steht einfach da und sieht selbstgefällig aus wie immer, obwohl seine Durchschlagskraft mit den tödlichsten Waffen konkurriert, die es gibt. Ich öffne das Kästchen, um die kleine Metallscheibe darin zum Vorschein zu bringen.

„Es ist der einzige Weg." Ravis Stimme hinter mir ist tief und kratzig wie immer und ich drehe mich zu ihm um. Er steht in der Tür, die Hände in die Seiten gestützt. Seine Fäuste öffnen und schließen sich, während er auf mich zugeht.

„Er würde *alles* zerstören." Meine Gedanken wandern zu den varghalischen Kindern und Familien, die ich auf der Isla de Mer gesehen habe. Ich war wütend auf Mira, weil sie Zeit mit ihnen verbracht hat, aber die Wahrheit ist, dass sie unschuldig sind, wie sie es gesagt hat. Dasselbe gilt für all die Zivilisten auf Varghos. Der AGE-Sender wird höchstwahrscheinlich alles schlucken – die gesamte Hauptstadt und auch die umliegenden Dörfer.

Selbst uns, wenn wir nicht vorsichtig sind und nicht schnell genug evakuieren.

„Es muss sein. Der Kriegskommandant lässt weitere Laboratorien bauen. Es ist nicht nur das Crimson Lab, Brixus. Die Situation ist größer geworden. Es geht nicht mehr nur darum, die paar Wissenschaftler, die das Virus entwickelt haben, auszuschalten. Sie töten mittlerweile ihre eigenen Leute!" Zorn wütet in Ravis Blick. „Es liegt an uns, ihnen eine Lektion zu erteilen. Sie dürfen sich nicht mit uns anlegen. Wir müssen die Bedrohung *vollständig* auslöschen."

„Um also Wesen zu retten, müssen wir Wesen töten."

Ravis Gesicht verzieht sich empört. „Du redest wirres Zeug. Wir sind so weit gekommen. Wir haben so viel geopfert. Wirst du uns anführen oder nicht?" Der letzte Satz kommt in einem wütenden Zischen heraus.

„Unschuldige werden sterben, wenn wir ihn benutzen."

Auf *beiden* Seiten werden noch mehr Unschuldige sterben. Ein Angriff auf die Hauptstadt von Varghos wird die Vergeltung der Varghalier auf unserem Planeten nur anspornen und die roten Außerirdischen dazu verleiten, uns im Gegenzug anzugreifen. Und das wird einen Teufelskreis erschaffen, der nicht mehr enden kann.

Mira hatte recht.

Hass schafft nur noch mehr Hass.

Die Varghalier haben unseren Planeten mit einer schrecklichen Waffe angegriffen, aber wenn wir dasselbe tun, sind wir um nichts besser als sie. Ganz im Gegenteil würde es die Dinge so viel schlimmer machen.

„Es ist der einzige Weg", betont Ravi.

„Das Ding ist nicht die Lösung." Ich stelle den AGE-Sender wieder in sein Kästchen, aber Ravi greift hinein und nimmt ihn an sich. Er umklammert ihn fest.

„Nein, Ravi." Ich schüttle den Kopf. „Das ist nicht der richtige Weg. Wir können das nicht mehr tun."

Wir müssen diese Mission abbrechen, und zwar *vollständig*.

Es ist an der Zeit, uns das einzugestehen. Mit unseren

Verlusten anders umzugehen. Es ist Zeit, nach Hause zu fliegen.

Zu Mira, rumpelt mein Drache, während die Emotionen in mir brodeln.

Nur, wenn sie uns noch haben will.

Und da bin ich mir nicht mehr sicher. Ich habe mich wie ein Idiot benommen. Wie ein störrisches, wahnsinniges Tier. Ich habe dieser Rachsucht so lange nachgejagt und war blind für alles andere …

Habe nicht wahrgenommen, was die ganze Zeit direkt vor meinen Augen lag. Das es alles ist, was ich je gebraucht habe.

„Du willst also, dass wir da reingehen, nur wir zwölf, mit gezogenen Waffen und sonst nichts?" Ravi starrt mich an. „Brixus, du bist verrückt! Das ist unsere Gelegenheit, die Dinge wieder in Ordnung zu bringen!"

„Nein. Du verstehst nicht. Wir können das alles nicht länger tun. Diese ganze Mission. Ich breche sie –"

Ein großer Knall übertönt meine Worte. Das Schiff wird heftig gebeutelt, der Alarm geht los, die Schalttafeln blinken wild mit mehrfarbigen Lichtern.

„Scheiße, was ist los?", knurrt Ravi.

„Ich weiß es nicht. Aber es ist nicht gut."

Ein weiterer Knall erschüttert mich.

„Ich glaube, wir werden angegriffen."

Ravi und ich eilen zurück ins Cockpit auf den Gang, wo auf der *Chimera* das Chaos ausgebrochen zu sein scheint. Weitere Beben lassen das Schiff zittern und wir schlittern über den Boden und können uns nur mit Mühe vorwärts kämpfen.

Ich halte mich an allem fest, was mir zwischen die Finger

kommt, schleppe mich durch das rumpelnde Schiff, mache mich auf den Weg ins Cockpit …

… und erreiche es gerade rechtzeitig, um zu sehen, wie ein riesiges rotes Kriegsschiff Schüsse auf uns abfeuert.

Ein varghalisches Kriegsschiff mit einem zweiten im Schlepptau.

„Was geht hier vor?", knurre ich.

„Sie sind aus dem Nichts aufgetaut", knurrt Morg. „Sie haben eine Tarnvorrichtung benutzt und wir haben sie erst entdeckt, als es zu spät war. Wir haben einen Notruf an den Tower geschickt, damit sie den Deflektorschild hochziehen, aber das Problem ist, dass wir immer noch in seiner Reichweite sind.

„Der Deflektorschild wird zwar weitere Schiffe daran hindern, in unseren Luftraum einzudringen", fügt Ingus hinzu, „aber wir müssen uns jetzt trotzdem mit diesen Schwachköpfen herumschlagen."

Ingus gibt eine Feuersalve aus der Kanone unseres Schiffes ab. Unser Raumschiff ist nicht für den Kampf ausgelegt und obwohl es mit kleineren Verteidigungsanlagen ausgestattet ist, kann es den großen Kriegsschiffen niemals die Stirn bieten.

Die *Chimera* stottert und Lichter blinken auf, während Morg und Ingus die Steuerung bedienen. Eines der Kriegsschiffe lässt uns links liegen uns und zischt stattdessen auf Xanthara zu.

Scheiße! Es ist dabei, unseren Planeten anzugreifen, genau wie sie es bei Cirreus Prime getan haben.

„Das Sensorarray hat ein weiteres Schiff geortet", sagt Morg. „Es sieht nicht nach den Varghaliern aus, aber ich kann nicht sagen, ob es feindlich ist oder nicht."

Eine weitere Druckwelle von dem varghalischen Schiff trifft uns hart. Unser Schiff schwankt zur Seite. Ingus und

Morg werden aus ihren Sitzen geschleudert und Funken prasseln auf uns nieder.

„Verdammt! Das wars", knurrt Ingus und rappelt sich auf. „Sie haben uns abgeschossen. Wir müssen das Schiff sofort verlassen und in unsere Rettungskapseln steigen."

„Zu den Rettungskapseln!", rufe ich der Besatzung zu. „Sofort!" Ich halte inne, während das Schiff, das Morg erwähnte, vorbeifliegt. Es ist überhaupt kein Kriegsschiff – es ist knallgelb und während es an uns vorbei in Richtung Xanthara zischt, erkenne ich die Aufschrift *RXC12-Gefängnis* an der Seite.

Eine furchtbare Erkenntnis bahnt sich ihren Weg in mein Bewusstsein, während die *Chimera* wild taumelt und erste Armaturenbretter in Flammen aufgehen. Es ist ein Transportschiff für Häftlinge.

Und es gibt keinen Grund für dieses Schiff, in xantharianischen Luftraum einzudringen …

Es sei denn, das Schiff wurde entführt.

Jedrick. Miras Ex-Mann.

Panik breitet sich in mir aus, als die Einzelheiten ihrer Geschichte mir wieder einfallen. „Mira!", brülle ich, während sich mein Drache in seinem Elend windet.

Ich habe versprochen, mich um sie zu kümmern, sie zu beschützen, und jetzt habe ich sie in unmittelbare Gefahr gebracht.

„Komm schon, wir müssen los!" Ingus packt meinen Arm und zieht mich zu den Kapseln. Eine weitere Explosion erschüttert die *Chimera* und wir schlittern abwärts und krachen gegen die nächste Wand.

Die Luft wird mir aus den Lungen gepresst. Ich kann mich kaum noch bewegen.

Mira. Ich muss zu Mira!

Ingus und ich schaffen es gemeinsam, uns wieder auf die

Beine zu stellen und uns vorwärtszubewegen, während um uns herum Chaos und Zerstörung immer schlimmer werden. Nachdem ich mich in meine Kapsel geschleppt habe, greife ich nach meinem Tele-Armband ... und stelle fest, dass es zertrümmert und unbrauchbar ist. *Verflucht! Ich muss –*

Das Schiff fliegt um mich herum in die Luft. Ich drücke frenetisch ein paar Knöpfe in meiner Rettungskapsel und schieße hinaus in den Weltraum.

KAPITEL SECHSUNDZWANZIG

MIRA

„Wir evakuieren alle in die Höhlen unter der Stadt", erklärt mir Kats Hologramm. „Wir bewegen uns zügig und alles wird gut werden."

Ihre Worte sollen beruhigend klingen, aber die Besorgnis in ihren Augen macht deutlich, dass die Dinge bei Weitem nicht in Ordnung sind. Ihr blondes Haar fliegt wild umher – sie muss irgendwo im Freien sein. Danax steht hinter ihr, die Hände auf ihren Schultern, ein grimmiger Ausdruck auf seinem Gesicht.

„Aber was ist –"

„Mach dir über all das keine Sorgen." Das Geräusch von Plasmaschüssen dringt durch das Holo zu mir durch und Kat dreht sich um und blickt entsetzt nach oben. „Das varghalische Kriegsschiff ist jetzt direkt über der Stadt und hat Kampfschiffe nach unten geschickt. Unsere Piloten sollten in diesen Minuten frontal auf sie treffen. Wir tun unser Bestes, um diese Schlacht in der Luft zu halten, damit die Bewohner der Stadt sicher sind. Die königlichen Wachen sind auf dem Weg, um dich zu begleiten … Sie sollten jeden Moment bei dir sein. Bleib einfach, wo du bist, okay?"

Meine Atmung stockt und mein Herz klopft wie ein Presslufthammer. Panik baut sich in mir auf.

Ich eile zu meiner Balkontüre und ziehe den Vorhang zur Seite, um das riesige rote Kriegsschiff zu enthüllen, das wie ein bedrohlicher Wächter über der Stadt schwebt. Kleine Kampfschiffe übersäen den Himmel – die roten der Varghalier und die silbernen der Xantharianer. Zwei feindliche Schiffe eröffnen in dieser Sekunde das Feuer auf einen silbernen Kampfjet, der sofort in Flammen aufgeht.

Ich keuche.

Dunkler Rauch steigt auf und färbt den Himmel schwarz. Aus allen Richtungen werden nun Schüsse abgefeuert und durch den Rauch rieselt rotes Plasma herab.

Es ist, als wären die Engel des Todes auf die Stadt herabgestiegen.

Ich schaffe es, meinen Blick von dem Gemetzel zu lösen und die Vorhänge schnell wieder vorzuziehen. Panik wächst in mir. Was soll ich tun? Was sollte ich mit in die Höhlen nehmen?

Artenax neigt seinen glänzenden Droiden-ähnlichen Kopf zur Seite. „Mira, es wäre das Beste für Sie, wenn Sie sich entspannen. Die Wachen werden gleich da sein. Möchten Sie etwas Wasser?"

Entspannen? Ist Artenax *irre*? Nein, Entspannung kommt überhaupt nicht infrage. Ich stürze mich auf den Rucksack, den ich auf dem Tisch liegen gelassen habe, und durchstöbere ihn wie wild. Brauche ich etwas von diesem Zeug? Mein Schwert liegt oben auf und ich ziehe es heraus und lege es auf den Tisch.

Ich zittere. Meine Gedanken überschlagen sich. Was soll diese Waffe schon nützen? Ein einfaches Schwert ist nutzlos gegen die Varghalier, vor allem in ihren Kriegsflugzeugen. Und in ihren Bestienformen sind sie eine noch größere

Bedrohung – schreckliche krebsartige Monster, die doppelt so hoch sind wie Häuser.

Meine Hände zittern, als ich nach dem Schwert greife, und doch fühlt es sich so gut an, so richtig in meiner Hand … Als wäre es für mich gemacht.

Es klopft laut an der Tür. *Oh, die königlichen Wachen!* Ich lege das Schwert zurück auf den Tisch und eile erleichtert zur Tür, um sie zu öffnen.

Zwei tote xantharianische Wachen stürzen in mein Zimmer. Ihnen wurden die Kehlen aufgeschlitzt und ihr königliches violettes Gewand ist mit Blut getränkt.

Hinter ihren Leichen steht Jedrick – mit einem spöttischen Grinsen im Gesicht.

„Hallo, liebste Mira. Es ist viel zu lange her."

KAPITEL SIEBENUNDZWANZIG

BRIXUS

Funken von gleißendem Licht erhellen die Dunkelheit um mich. Rauch verstopft mir die Atemwege. Ein großer Knall erschüttert meine Welt.

Dann noch einer.

Lautes Dröhnen erfüllt meine Ohren und dringt in meine Seele, als wäre ich bereits in den Abgrund des Hades gefallen.

Aber da ist ein Licht. Seit wann scheint in der Hölle Licht? Ich öffne meine Augen einen Spalt breit und das Licht wird stärker. Jeder Zentimeter meines Körpers protestiert gequält, sodass ich sie wieder schließe. Ich muss heftig husten.

Ich kann mich nicht bewegen und scheine in meinem eigenen kleinen Gefängnis aus Metall festzusitzen.

Mira. Ich habe Mira nicht gerettet.

Ihr Gesicht erscheint in meinen Gedanken. Sie ist so wunderschön, Haare wie eine Sirene. Liebevolle blaue Augen, die ich nie wiedersehen werde.

„Brixus! Brixus, steh auf!"

Starke Hände ziehen an mir und befreien mich aus meiner

Gefangenschaft. Ich öffne meine Augen, und die Welt dreht sich, sodass ich taumeln muss und ganz und gar orientierungslos bin. Es ist Zaar – mein Kamerad hat seinen Arm um mich gelegt und stützt mich. Meine Rettungskapsel ist ein Wrack und Rauch tritt an einer Stelle aus.

Wir befinden uns in einer Art Schlucht und sind umgeben von dichtem Dschungel.

„Wo sind wir?", knurre ich hustend, während Zaar mich von der zerstörten Rettungskapsel wegzieht.

„Auf der Isla de Mer. Du hast die Kontrolle über deine Rettungskapsel verloren. Ich habe es geschafft, den Schwerkraftgürtel meiner Kapsel an deiner anzubringen und dich hierher abzuschleppen."

Okay. Ich bin also doch nicht in der Hölle, aber nahe dran. Und weit weg von Mira, die meine Hilfe braucht. *Sofort.*

Ein weiteres lautes Kreischen dringt schrill durch die Bäume. Es folgt ein riesiges rotes Bein, das wie das eines Tausendfüßler wirkt und in diesem Moment auf mich herabstürzt und mich nur knapp verfehlt. Ein zweites prallt auf meiner anderen Seite auf den Boden. Als ein riesiger schnabelartiger Kopf sich zu uns herunterneigt und eine Galerie messerscharfer Zähnen entblößt, betäubt ein weiterer schriller Schrei meine Ohren.

„Oh, und ich habe vergessen zu erwähnen, dass sich hier ein Haufen verärgerter Varghalier herumtreibt", grummelt Zaar. „Der Kriegskommandant und seine Mannschaft sind hier, um ihre Bürger einzusammeln."

Tja, Scheiße.

Der groteske Schnabelmund vor uns öffnet sich weiter und Speichel tropft daraus zu Boden. Zaar und ich verschwenden keine Zeit mehr und unsere Kleider zerreißen in Fetzen, während wir uns verwandeln.

Leider bin ich in meiner Drachenform viel kleiner als der Varghalier. Ich schieße in die Luft und umkreise ihn mit Zaar an meiner Seite. Das krebsartige Biest kreischt wieder. Es wackelt mit seinen Kneifzangen-Tentakeln und kappt eine Handvoll Bäume, während es in seiner Entschlossenheit, uns auszuschalten, durch den Wald trampelt.

Von meiner Position aus kann ich das riesige rote Kriegsschiff der Varghalier am Rande der Insel erkennen. Die roten Außerirdischen und meine Crew liefern sich bereits einen unerbittlichen Kampf. Kriegskommandant Tharzon steht mitten im Getümmel, brüllt wütend und steuert seine Truppen. Meine Drachen entfesseln Ströme von blauem Drachenfeuer und obwohl die Varghalier vor Unbehagen schreien, hat es keinen tödlichen Effekt auf sie.

Feuer kann den krebsartigen Exoskeletten der Varghalier nichts anhaben. Unsere Plasmawaffen sind zusammen mit der *Chimera* untergegangen. Meiner Crew bleiben also nur ihre Zähne und Klauen, um diese Monster zu bekämpfen, und in ihrer Tiergestalt sind sie so gut wie unangreifbar.

Wir sind am Arsch.

Zaar, sende ich an meinen Kameraden, *ich muss Mira holen. Sie ist in Gefahr. Ich komme zurück und helfe euch, sobald ich kann. Fliegt außerhalb ihrer Reichweite, ermüdet sie und dann beenden wir den Kampf.*

Zaar nickt und stürzt sich dann selbst in die Schlacht.

Ich schieße mit wilden Flügelschlägen in Richtung Na'Ru davon. Im selben Moment hallt ein seltsames tiefes Dröhnen durch den Dschungel, fast wie ein Kriegshorn. Ich verdrehe meinen Hals, um hinter mich zu schauen und …

… es ist Tharzon.

Er ruft seine Truppen auf, ihm zu folgen. Er trampelt durch den Dschungel und zerstört alles, was sich ihm in den Weg stellt.

Sie sind auf dem Weg ins Dorf, um die Flüchtlinge einzufangen.

Scheiße!

Ich fliege noch schneller und gleite über die Baumkronen hinweg, als die Strohdächer der Unterkünfte der Flüchtlinge in Sichtweite kommen.

Meine Gedanken wandern den Bewohnern des Dorfes. Zu den Familien. Den Kinder. Der Gemeinschaft, die sie hier aufbauen. Ich dachte immer, die Flüchtlinge gehören zum Feind.

Sie versuchen nur, ihr Glück zu finden. Miras Worte wiederholen sich immer und immer wieder in meinem Kopf.

Sie hat recht. Das ist das Einzige, was wir alle wollen.

Oh Gott. Mira, es tut mir leid. Ich komme.

Die Flüchtlinge sind *nicht* der Feind. Sie sind keine blutrünstigen Aliens …

Und ich muss sie warnen.

Ich schwebe über dem Dorf und brülle. Brülle ein zweites Mal. Die varghalischen Flüchtlinge eilen aus ihren Häusern, entdecken die herannahenden roten Bestien und bringen ihre Kinder hastig in Sicherheit.

Nyx ist da und ihr rotes Haar weht in alle Richtungen unter dem Wind, den meine Flügelschläge erzeugen. Für einen Moment wirkt sie genauso kriegerisch wie die Männer meiner Crew. Ihr Mund bewegt sich und obwohl ich sie über meine Flügelschläge hinweg nicht hören kann, ist die Botschaft klar.

Danke.

Sie stößt einen heulenden Schlachtruf aus und die Dorfbewohner verwandeln sich in ihre Tiergestalten. Sie erheben sich in die Bäume, wilde Kreaturen, die über das Blätterdach des Dschungels hinausragen.

Nyx brüllt und stürmt vorwärts, trampelt durch den Wald

und führt ihre Dorfbewohner in die Schlacht. Es dauert nicht lange, bis die beiden Armeen aufeinanderprallen und die Drachen von oben angreifen.

Einen Moment lang sehe ich nichts als reinen, sauberen Kampf. Die Zeit steht still und alles wirkt, als würde es sich in einer Blase abspielen.

Zaar, Morg und Ingus stürzen sich auf den Kriegskommandanten Tharzon und tragen ihn hoch in die Lüfte. Er schreit laut und zappelt mit seinen Tentakeln und Gliedern herum. *Klack-klack-klack!* Seine Kneifer klicken wie verrückt, aber meine Drachen sind stark und skrupellos. Nichts, was er tut, kann sie irritieren.

Ravi fliegt auf sie zu und sein Drang nach Vergeltung steht ihm in sein Drachengesicht geschrieben. *Haltet ihn ruhig!,* sendet er der Crew das Kommando.

Und dann sehe ich es …

Das Glitzern von Metall zwischen seinen Klauen.

Er trägt den AGE-Emitter. Er nähert sich dem Kriegskommandanten und dann trifft mich die erschütternde Erkenntnis schwer.

Ravi plant tatsächlich, ihn zu benutzen.

Und wenn er das tut, werden wir alle sterben … Hier auf der Insel … und auf dem Festland, sogar drüben in Na'Ru …

Und Mira.

Alles wird in ein riesiges schwarzes Loch gesaugt werden. Ein riesiger, unendlich tiefer Abgrund, aus dem nichts zurückkehrt.

Doch es ist Rache, die Ravi antreibt, eine Wut, die so tief in ihm verwurzelt ist. Er hat sich in der Dunkelheit verloren, fast so wie ich.

Ravi! Nein! Ich pumpe meine Flügel wütend und stürze mich auf ihn. *Nein, tu das nicht! Das wird uns alle umbringen!*

Aber er hört nicht zu. Wutentbrannt schwebt er nun über dem Kriegskommandanten.

Er umklammert den AGE-Emitter, während ich in ihn hineinkrache. Wir schlagen mit unseren Klauen um uns. Wir kämpfen und brüllen. Krallen ritzen empfindliche Unterbäuche auf, Schwänze schlagen wild um sich.

Meine Kiefer legen sich um seinen Hals, während meine Zähne in sein Fleisch einsinken. Der würzige Geschmack seines Bluts füllt meinen Mund.

Ich will ihn nicht verletzen. Wirklich …

Er nutzt meinen Moment, in dem ich zögere, befreit sich aus meinem Griff und stürzt auf Tharzon zu.

Ravi, hör auf!

Aber er ist schon zu weit von mir entfernt.

Ravi lässt den AGE-Emitter in den riesigen Schnabelschlund des Kriegskommandanten fallen und schickt einen Strahl blauen Drachenfeuers unmittelbar hinterher. *Jetzt!,* schreit er Zaar, Morg und Ingus zu.

Die Drachen lassen den Kriegskommandanten ins Meer fallen und in den Wellen versinken.

Grauen erfüllt mich von Kopf bis Fuß.

Verdammt. Was hat er getan?

Unter Wasser ertönt ein lauter Knall. Die Wellen bäumen sich wild auf und bald schon bildet sich ein Strudel. Er lässt das Wasser im Kreis wirbeln und es beginnt darin zu brodeln wie in einem Kessel.

Ein Kreis von Wesen, sowohl männliche als auch weibliche, erscheint um den Strudel herum, der sich aus dem Meer erhebt. Sie heben unisono ihre Hände und ziehen eine Sphäre aus Wasser aus den Tiefen des Meeres an die Oberfläche …

In ihrem Inneren befindet sich der Kriegskommandant – er scheint in einer glitzernden, wässrigen Lichtkugel zu schweben.

Innerhalb dieser schützenden Sphäre detoniert der AGE-Emitter in schwarzes Nichts und erschüttert den gesamten Planeten. Doch die Nixen rühren sich nicht, schweben weiter im Wasser und stabilisieren die Sphäre mit ihren Händen.

Das Schwarz scheint sich in sich selbst zurückzuziehen und wird immer kleiner und kleiner, als hätte es nie existiert.

Alles innerhalb der Sphäre verschwindet.

Kriegskommandant Tharzon ist Vergangenheit.

Die Nixen senken die schimmernde Sphäre langsam in den Ozean ab, wo sie mit dem Aquamarinblau verschmilzt. Der Strudel bildet sich zu sanfteren Wellen zurück. Das Meer beruhigt sich von allein.

Und dann verschwinden auch sie wieder. Sie tauchen tief ins Wasser hinab, als ob das alles nur ein Traum gewesen wäre.

Beide Armeen sind zum Stillstand gekommen. Niemand bewegt sich und niemand spricht … Niemandem entweicht ein Brüllen.

Nyx verwandelt sich zurück in ihre menschliche Gestalt und ihre Armee tut es ihr gleich. Einer nach dem anderen knien sie nieder und verbeugen sich vor ihr. Zu meiner Überraschung tun die feindlichen Varghalier dasselbe.

„Kriegskommandantin Nyx", murmeln sie. „Die neue Kriegskommandantin."

Ich fliege schnell in Richtung Na'Ru, während sie ihre neue Anführerin feiern.

Ich muss zu Mira und ich hoffe, dass es noch nicht zu spät ist.

KAPITEL ACHTUNDZWANZIG

MIRA

J-Jedrick", stottere ich.

Ich hatte gehofft, ihn nie wiederzusehen, aber hier steht er, vor meiner Tür, und er ist gefährlich gutaussehend wie eh und je. Er trägt die Uniform eines Gefängniswärters, die voller Blutflecken ist, und ich zucke zusammen. Ich will nicht wissen, was mit dem armen Wärter passiert ist.

Jedrick bemerkt, dass ich seine Uniform anstarre, und grinst, während ein grausames Funkeln in seinen Augen aufblitzt. „Besser als der schreckliche orangefarbene Overall, den ich vorher tragen musste. Ich dachte, dass ich damit viel weniger auffallen würde, aber bei allem, was hier abgeht" – er gestikuliert zu den rot blinkenden Lichtern und zu den Sirenen, die um uns herum heulen – „war das nicht wirklich wichtig. Es war überhaupt kein Problem, hier reinzukommen; niemand hat mich beachtet. Hätte nie gedacht, dass es so verdammt einfach sein würde, einen Gefangenentransport zu entführen und eine Spritztour zu meiner lieben Frau zu machen."

Mein Herz bleibt fast stehen. Mein Atem bleibt mir im

Hals stecken. Ich mache ein paar Schritte rückwärts, als er den Raum betritt. „Ich bin … Ich bin nicht deine Frau!"

„Eindringling! Eindringling!", piept Artenax' Roboterstimme besorgt. „Mira, es ist ein Eindringling in deinem Zimmer! Ich werde sofort die königlichen Wachen alarmieren!"

Jedrick steigt einfach über seine Opfer und ignoriert den anhaltenden Alarm-Modus des Bots.

„Frau. Ex-Frau. Was ist der Unterschied?" Sein gefühlloses Lachen lässt mir das Blut in den Adern gefrieren. „Das ändert nichts daran, dass du mich *verpfiffen hast*." Er macht noch ein paar bedrohliche Schritte auf mich zu und ich weiche weiter vor ihm zurück. „Du hast mich ins *Gefängnis* geschickt, Mira. Weißt du, wie sich das anfühlt? Und jetzt bin ich hier, um dich zu holen."

„Bleib weg von mir", sage ich und meine Stimme zittert. „Ich habe jetzt ein neues Leben."

Wenn ich es bis auf den Balkon schaffe, kann ich vielleicht entkommen. Der Balkon ist meine einzige Chance. Ich muss fliehen!

„Natürlich. Ein wunderbares neues Leben, während du mich im Gefängnis verrotten lässt!", höhnt er.

Meine Füße bewegen sich jetzt schneller, wie auf Autopilot. „Du hast jemanden kaltblütig ermordet!"

„Und er hat es *verdient*!" Jedricks Gesicht verzieht sich in eine Grimasse, die mir noch mehr Angst macht.

Aus den Augenwinkeln sehe ich nun den Tisch und …

… das Schwert!

Jedrick kommt mir langsam näher und sein Zorn sickert aus ihm heraus wie Lava aus einem Vulkan. Ich halte seinem Blick stand, während ich mich langsam rückwärts bewege.

Lass ihn nicht sehen, was du tust …

Und dann bin ich nahe genug dran. Ich schnappe mir das

Schwert, schwinge es und bemühe mich, es ruhig zu halten, obwohl meine Hände zittern.

Jedrick macht sich über mich lustig. „Was hast du mit dem Schwert vor, kleines Mäuschen? Leg es weg."

„Nein. Geh weg von mir." Ich hebe das Schwert höher und nehme eine angedeutete Kampfhaltung ein.

Er bleibt stehen und mustert mich beunruhigt. „Was machst du da, Mira? Du weißt nicht, wie man damit umgeht." Er streckt seine Hand aus. „Jetzt gib es mir, bevor du dir wehtust."

Nein! Nein, das werde ich nicht tun!

„Ich werde *dir* wehtun, Jedrick, wenn du mich nicht in Ruhe lässt!" Ich beiße mir auf die Zähne und dann eröffne ich den Kampf. Schnell und geschmeidig. Meine Füße liefern die perfekte Fußarbeit, während Jedrick überrascht zurückweicht.

„Das hast du jetzt davon, kleines Mäuschen." Er zieht ein Messer hervor und packt es bedrohlich.

Bilder des blutenden Taxifahrers schießen mir durch den Kopf ... Jedrick, der mich höhnisch anstarrt, ... seine blutigen Hände an meinem Hals ...

Angst schießt wie ein gleißendes Licht durch jede Zelle meines Körpers und blendet mich beinahe von innen heraus. Artenax' aufgeregtes Piepen geht weiter, ebenso wie die blinkenden Lichter im Raum nicht aufhören wollen zu blinken.

Ich zwinge mich zu atmen. Mein Schwert gut festzuhalten.

Er hat mein Leben schon einmal bedroht und jetzt ist er hier, um es wieder zu tun.

Ich spanne mich an und stabilisiere meinen Stand. Und dann stürze ich mich auf ihn, schneller als der Blitz, und verpasse ihm Schnitte in die Arme, bis Blut über seine Haut strömt.

„Du, ... du *Schlampe*!", knurrt er. Ein weiterer Stoß

schlägt ihm das Messer aus der Hand und lässt es durch die Luft fliegen.

Jedrick beobachtet verblüfft seine Flugbahn und ich nutze die Gelegenheit, um durch den Raum zu hasten. Die Tür zum Balkon öffnet sich mit einem Zischen vor mir. Der Wind peitscht mir durch die Haare, während meine Augen verzweifelt nach einem Fluchtweg suchen, aber keinen ausmachen können.

Es ist ein langer Weg bis zum Boden.

Das Chaos wütet immer noch, wohin ich auch blicke. Noch dichtere Rauchwolken haben sich am Himmel gebildet. Kampfflugzeuge setzen ihren Zerstörungsfeldzug fort und Plasmafeuer taucht den Horizont in ein rotes Licht.

Inzwischen ist das Kriegsschiff gelandet, direkt vor dem Palast, und Varghalier in ihren Bestiengestalten schwärmen heraus. Ich starre die Ungeheuer an, wie sie schreien, brüllen und auf den Palast zustapfen. Drachen stürzen herab, um sie aus der Luft anzugreifen …

Der Kampf der Bestien hat begonnen.

Das erste krebsartige Wesen erreicht den Palast, schwingt seine langen Tentakel und zerschmettert einen der gläsernen Balkone. Weitere der Bestien holen rasch auf. Sie nähern sich schnell und jeder ihrer Schritte erschüttert den Boden unter ihnen. Meine Gesichtszüge entgleiten mir. Ich kann nicht wieder reingehen, aber hier draußen ist es genauso gefährlich. Ich sitze fest.

Jedrick taucht keinen Augenblick später hinter mir auf und schwingt erneut sein Messer.

Oh, Gott!

Ich bin umgeben von Monstern.

Jedrick scheint den Wahnsinn um uns herum kaum wahrzunehmen. „Ich wollte dir deine Lektion eigentlich sanft erteilen", spöttelt er, „aber jetzt hast du alles verdorben, Mira. Jetzt bin ich richtig angepisst."

Er nähert sich langsam und wieder zuckt ein grausames Grinsen über seine Lippen. Wie konnte ich jemals denken, er sei gut und aufrichtig?

Er ist einfach so in meinem Leben aufgetaucht und hat mich geblendet. Er ließ mich glauben, er sei der Richtige für mich, dass wir füreinander bestimmt wären …

Und dann hat er alles zerstört. Die Angst vor ihm hat mich gelähmt und seit jenem Tag plagen mich Albträume über das, was ich seinetwegen durchgemacht habe. Ich bin von Visionen seiner Grausamkeit heimgesucht worden und so lange vor ihnen weggelaufen.

Aber ich will nicht mehr weglaufen. Ich habe genug davon … und genug von *ihm*.

Jedrick macht einen weiteren Schritt auf mich zu. Sein Messer verheißt nichts Gutes, ist nur die Androhung weiterer grausamer Taten. Auf der Klinge sind Blutspritzer zu sehen, höchstwahrscheinlich von den ermordeten Wachen.

Ich schlucke, hart, aber ich stehe meine Frau.

Jedrick hebt eine Augenbraue. „Fühlst du dich mutig, kleines Mäuschen?"

Ich sage nichts, stehe einfach breitbeinig da und spanne meine Muskeln erwartungsvoll an.

Sei mutig, hat Nemea gesagt. *Sei stark*.

Die Schuppen der Meerjungfrauen auf dem Griff meines Schwertes scheinen für einen Moment aufzuleuchten.

Jedrick lacht wieder höhnisch. Das Geräusch ist laut und johlend und von Wahnsinn durchtränkt. „Es wird mir wirklich Spaß machen, dir eine Lektion zu erteilen, Mäuschen."

Nein! Das glaube ich kaum.

„Du wirst mir nicht mehr drohen, Jedrick. Und nenn mich nicht *Mäuschen*."

In meinem Inneren legt sich ein Schalter um.

Ich atme tief ein …

Und dann greife ich an. Mein Körper weiß, was er tut, und er dreht und wendet sich. Ausfallschritte und Stöße. Mein Schwert schneidet durch die Luft, während meine Füße zum Rhythmus meiner eigenen Trommel tanzen.

Jedrick ist ein guter Kämpfer und schafft es, meine Attacken abzublocken, aber seine Augen sind weit aufgerissen. Er hat keine Ahnung, was in mich gefahren ist.

Nyx hat mir beigebracht, mit meiner Waffe zu tanzen, und ich lasse mich einfach von meinem Rhythmus leiten und lasse zu, dass sich die Bewegungen ganz natürlich ergeben und aneinanderreihen.

Ein Schritt zur Seite. Ein weiterer Ausfallschritt. Ein niedriger gedrehter Tritt, bei dem Jedrick überraschend rückwärts stolpert.

Ich wirble erneut auf ihn zu, um ihm das Messer aus der Hand zu schlagen …

Und platziere mein Schwert direkt an seiner Kehle.

Für einen Moment scheint die Zeit stillzustehen. Wir atmen beide schwer.

„Mira … Warte", keucht er und seine Brust hebt und senkt sich wild. „Stopp."

Was, wenn ich nicht aufhören will? Er hat mir so lange Angst eingejagt, hat mich so lange zur Flucht gezwungen. Ich drücke die Spitze des Schwertes tiefer in seine Haut, bis ein kleines rotes Rinnsal herauskommt.

Er starrt mich ungläubig an.

Blut dröhnt in meinen Ohren. Adrenalin schießt wie Feuer durch meine Adern. Der Klang des Kampfes ist rund um mich herum hörbar, aber ich schenke ihm keine Beachtung.

So nah dran, ein sauberer Stoß, … mehr braucht es nicht. Und ich könnte es tun, das weiß ich genau.

„Mira, … bitte." Jedricks Gesicht verliert jeden Ausdruck, als hätte er sich bereits seinem Schicksal ergeben.

Ich atme tief durch.

Und wieder.

Dann lasse ich von ihm ab.

Hass führt nur zu mehr Hass. Das habe ich Brixus gesagt.

Langsam senke ich mein Schwert. „Jedrick, geh jetzt. Und komm nicht zurück. *Niemals*."

Er starrt mich einfach nur an, während die Erde um uns herum bebt.

„Hast du mich verstanden? Du verschwindest von hier. Und zwar sofort."

Aber sein Blick ist auf einen Punkt oberhalb meines Kopfes gerichtet. Ein Schatten schwebt über uns. Jedricks Mund klappt auf und er zittert am ganzen Körper.

Es ist ein Varghalier.

Sein krebsartiger Körper ragt weit über den Balkon hinaus. Sein Exoskelett ist rot und glänzend und unbeschädigt von der Schlacht. Sein Schnabelschlund öffnet sich und er stößt einen blutrünstigen Schrei aus, …

… bevor er sich ruckartig zu uns herunterbeugt und Jedrick mit seinen Zähnen packt. Der Varghalier schleudert ihn in die Luft, als würde er mit seinem Essen spielen, bevor er ihn verschluckt.

Jedrick ist … weg.

Die rote Bestie bringt ihr Gesicht auf meine Höhe. Sie ist grotesk und monströs wie ein Monster aus einem Albtraum. Eines seiner großen Augen starrt mich an. Ich beruhige mich und konzentriere mich. Dann hebe ich mein Schwert …

Mein Herz klopft wie verrückt, aber ich bin bereit für alles, was kommt. Bereit, mich zu verteidigen.

Doch die Bestie steht da wie angewurzelt.

Aus dem Kriegsschiff ertönt ein tiefes Horn, das über das

Palastgelände hallt. Die Kreatur dreht den Kopf und, als ob sie gerufen würde, wendet sie sich von mir ab und stapft davon. Die anderen roten Aliens tun dasselbe und bald ähneln ihre Körper riesigen roten Ameisen, die sich auf dem Rasen tummeln.

„Der Kriegskommandant ist tot!", piepst Artenax. „Die Varghalier ziehen sich zurück!"

Ach, du meine Güte! Bei all der Aufregung hatte ich völlig den Bot vergessen.

„Und sehen Sie!", fährt Artenax fort. „Dort oben!"

Ich erkenne einen blauen Fleck in der Ferne. Es ist ein Drache. Als er näher kommt, wird eine gewisse Dringlichkeit in seinen Bewegungen erkennbar. Seine Flügel schlagen kraftvoll und hastig.

Mein Herz wird warm. Es ist Brixus.

Er ist doch noch gekommen. Meinetwegen.

KAPITEL NEUNUNDZWANZIG

MIRA

„Bist du bereit?", fragt mich mein Vater. Seine Augen legen sich in Falten, wie sie es immer tun, und er drückt meine Hand. „Heute ist dein richtiger Hochzeitstag."

Meine richtige Hochzeit.

Nicht eine Hochzeit in einem Gerichtsgebäude oder in einem Tempel mit einem unglücklichen Berater als einzigem Zeugen. Sondern die Art von Märchenhochzeit, von der ich immer geträumt habe, mit allem Drum und Dran, und besonders mit meinem ganz persönlichen Märchenprinzen.

Ein mürrischer zwar, aber trotzdem *mein* Märchenprinz. Wir sind zwar offiziell bereits verheiratet, aber alles fühlt sich so neu an, als ob dies unsere erste Vereinigung wäre.

Ich nicke, weil mein Gesicht mir fast schon wehtut, weil ich nicht aufhören kann zu grinsen. Mein Vater und ich sind noch hinter einem dichten Vorhang aus Farnblättern verborgen und warten auf unser Zeichen, damit er mich zum Altar führen kann.

Besser gesagt an den Strand.

Die Essenz des Ozeans wirbelt um mich herum – der

Geruch von Meersalz, den ich zu lieben gelernt habe, zusammen mit dem rauschenden Klang der Wellen, die sanft gegen die Felsen schlagen. Eine sanfte Brise lässt die unteren Lagen meines nixenähnlichen Kleides sich an die Kurven meiner Beine schmiegen.

Ich könnte mir nicht vorstellen, irgendwo anders zu heiraten.

T'Pring, die sich als die fantastischste Hochzeitsplanerin herausgestellt hat, die ich hätte finden können, tippt auf den Knopf in ihrem Ohr, murmelt etwas, das ich nicht hören kann, und zwinkert mir dann zu. „Es ist fast so weit. Die Blumenmädchen sind die Nächsten."

Oh, die Blumenmädchen!

Ich kann nicht anders, als einen Blick durch die Farnblätter zu werfen. Auf den im violetten Sand arrangierten Stühle haben bereits die Hochzeitsgäste Platz genommen. Sie bilden eine bunte Mischung aus blauen Xantharianern und roten Varghaliern.

Nun, da der Angriff der Varghalier überstanden ist und Nyx offiziell zur neuen Kriegskommandantin ernannt wurde, sind viele der varghalischen Flüchtlinge auf ihren Planeten zurückgekehrt. Einige haben jedoch beschlossen, hier auf Xanthara zu bleiben. Es ist ein einfaches, schönes Leben hier draußen am Meer und ich kann es ihnen nicht verdenken.

Kein bisschen.

Nyx' Töchter hüpfen in aquamarinblauen Kleidern den Gang hinunter, lachen und werfen Blumenblätter durch die Luft. Die vielen bunten Farben der Blütenblätter flattern über den Gang und landen auch auf dem einen oder anderen der Gäste.

Nyx ist auch gekommen und sitzt neben ihrem Gefährten. Sie neigt lachend ihren Kopf zu ihm und zeigt auf ihre Mädchen. Ich bin dankbar, dass sie für meine Hochzeit aus

Varghos angereist ist – sie war in letzter Zeit unglaublich beschäftigt mit ihrer neuen Position und der Umsetzung neuer Ideen für Frieden und Wohlstand auf Varghos. Sie hat das Crimson Lab und die anderen Labors als Forschungszentren für die Gesundheit und das Wohlbefinden aller Varghalier umgestaltet.

Auf dem roten Planeten der Außerirdischen scheint nun alles in Ordnung zu sein und ich freue mich wahnsinnig für sie.

Meine Mutter sitzt mit meiner Schwester in der ersten Reihe, das Gesicht neugierig in meine Richtung gedreht. Neben ihnen sitzen Piper und Kat und ihre Gefährten. Brixus' Drachencrew, einschließlich Ravi, sitzt bei den varghalischen Gästen. Alle fühlen sich wohl miteinander.

Und im Wasser dahinter kann ich die Gesichter und das schimmernde Haar der Sirenen erkennen.

Sie treten aus dem Wasser und steigen bis zu ihren Hüften aus dem Ozean empor und bilden mit ihren Körpern eine Fächerformation, in deren Mitte Nemea steht. Ich habe sie noch nie außerhalb des Wassers gesehen und im Sonnenlicht ist sie atemberaubend schön.

Danke. Ich forme das Wort mit meinen Lippen und sie antwortet mit einem strahlenden Lächeln.

Alle sind hier, alle, die mir wichtig sind.

Mein Blick huscht zum Altar nach vorne zu dem, der mir am wichtigsten ist. Am Ende des Gangs wartet Brixus auf mich, mürrisch und grüblerisch wie immer. Er trägt einen schwarzen Smoking, doch sein Haar trägt er immer noch ungebändigt, genauso, wie ich es mag.

Die Musik ändert sich und T'Pring lächelt mich an. „Es ist so weit."

Ich atme tief ein, rücke ein letztes Mal den Rock meines glitzernden Meerjungfrauenkleides zurecht und führe meinen

Strauß tropischer Lilien an meine Nase. Ein süßer, lieblicher Duft an diesem noch lieblicheren Tag.

Und dann schreiten wir los, mein Vater und ich, langsam den sandigen Gang hinunter. Alle erheben sich und lächeln, aber mein Blick ist auf Brixus gerichtet.

Seine Augen sind intensiv und deuten die Bestie in seinem Inneren an. In seinen Augen tanzen Flammen – Flammen der Liebe und Verheißung.

Sie brennen nur für mich.

Bald erreichen wir den Altar und mein Vater küsst mich auf die Wange und legt meine zarten Hände in die großen, schwieligen Hände von Brixus. Wir sehen einander in die Augen und ich wünschte, dieser Moment würde für immer andauern.

Nur ich und er.

Wärme strahlt von meinem Gefährten aus, wie sie es immer tut. Seine Gegenwart hüllt mich ein. Er ist archaisch und wild und wunderbar männlich – und ich kann mir nicht vorstellen, mein Leben mit einem anderen als ihm zu verbringen.

Die Zeremonie nehme ich nur verschwommen wahr. Die Rede des Priesters, ... die Gelübde, ... der Austausch der Ringe. Mir ist schwindelig vor Liebe und alles, woran ich denken kann, ist, von dieser schönen, wilden Bestie irgendwo hingebracht zu werden, wo wir unsere Verbindung gebührend feiern können.

Als unsere Vereinigung verkündet wird und eine ganze Reihe wunderschöner leuchtender Schmetterlinge in schillernden Schwärmen in alle Himmelsrichtungen davonfliegen, nimmt Brixus mich in seine Arme.

Er hebt mich hoch, knurrt lauthals und trägt mich über den Strand davon, während unsere Gäste jubeln.

KAPITEL DREISSIG

BRIXUS

*D*er Mond steht hoch oben am Himmel und sein Licht funkelt über den Ozean. Meine Füße sinken in den weichen Sand, der jetzt ein tiefes Indigo angenommen hat. Die Kälte umgibt mich, als ich bis zur Brust ins Wasser wate.

Die Wellen schlagen gegen mich und ich lasse mich auf meinem Rücken liegend treiben. Ich gebe mich der Dunkelheit des Wassers und den Schatten hin, die noch immer in mir wohnen. Ich habe Frieden mit ihnen geschlossen. Sie sind ein Teil von mir, aber sie haben keine Macht mehr über mich.

Das Spiegelbild des Mondes schimmert auf der Wasseroberfläche und lässt die Wellen in einem schwarz-weißen Glanz erstrahlen.

Ohne Licht gibt es keine Dunkelheit. Ohne Nacht gibt es keinen Tag.

Mira ist mein Licht. Die Sonne, die durch die Schatten dringt.

Die Lampen im Bungalow brennen und durch die offenen Fenster kann ich Mira sehen, wie sie im Bungalow beschäftigt ist. Ein kleiner überraschter Schrei wird vom Wind aufs

Meer hinausgetragen und ich gluckse. Die Kätzchen haben ihr höchstwahrscheinlich ein weiteres Jagdgeschenk hinterlassen, etwas, das sie recht häufig tun.

Allerdings sind sie, was ihre Größe angeht, keine Kätzchen mehr – sie sind unglaublich schnell gewachsen. Sie sind jetzt Teenagerkatzen, falls es diesen Begriff überhaupt gibt. Trixie ist süß wie eh und je und die bessere Jägerin der beiden, während Max sich nachts immer noch gerne auf mein Gesicht stürzt. Kleiner Scheißer.

Ich kann nicht leugnen, dass sie mir ans Herz gewachsen sind. Vor allem, weil Trixie immer noch darauf besteht, in meiner Nackenbeuge zu schlafen.

Ich höre, wie sich die Tür öffnet und schließt, dann sehe ich Mira, die über den Sand läuft mit einem strahlenden Lächeln im Gesicht. Sie trägt ein goldenes, durchsichtiges Etwas – wie auch immer dieses Kleidungsstück heißen mag – und darunter ist sie nackt.

Mein Herz setzt einen Schlag aus, wie es das in solchen Momenten immer tut.

„Trixie hat dir ein kleines Geschenk mitgebracht", sagt sie lachend. „Einen *Merkal*. Es liegt auf deinem Kissen."

Ich verziehe das Gesicht. Trixie neigt dazu, die großen Nagetiere übel zuzurichten, und ich will nicht wissen, wie das Bett jetzt aussieht.

„Mir? Nein, wahrscheinlich ist es für dich."

„Es lag auf *deiner* Seite des Bettes. Du weißt, sie liebt dich am meisten." Mira lacht wieder, schlüpft aus ihrem goldenen Gewand und taucht dann in die Wellen.

Als sie wieder auftaucht, leuchten ihre weißblonden Haare im Licht des Mondes. Meine Gefährtin braucht die Sonne nicht, um zu strahlen.

Sie *ist* die Sonne.

Mein Drache wiegt sich zufrieden in mir.

Sie schwimmt auf mich zu und ich hebe sie hoch über das Wasser und halte sie an der Taille fest. Ihr Haar legt sich wie das einer Sirene über ihren Rücken. Sie kichert und formt ihre Arme zu einem V, als würde sie fliegen.

„Höher!", fordert sie.

Ein Glucksen rumpelt tief in meiner Kehle und ich lasse sie noch ein paar Minuten weiter schweben.

Irgendwann lockere ich meinen Griff, um sie an meiner Brust hinuntergleiten zu lassen, und ziehe sie nahe an mich heran, während sie ihre Beine um meine Taille schlingt. Wir wiegen uns im Takt der Wellen. Sie reibt sich an mir und keucht vergnügt auf.

Ich knurre und mein inneres Biest erwacht, mein Schwanz ist längst hart und bereit. Langsam gleite ich in sie. Hitze explodiert zwischen uns. Ihre Muskeln verengen sich um mich herum, während ich fester in sie stoße … und ihren Mund gierig mit meinem erobere …

Wir halten uns aneinander fest und reiten gemeinsam auf den Wellen. Lassen uns von ihnen dorthin bringen, wo auch immer sie wollen.

Mein Drachenherz donnert in meiner Brust.

Es gehört ihr und so soll es für alle Ewigkeit bleiben.

ENDE

Vielen Dank, dass du *Herz des blauen Drachen* gelesen hast! Bitte denke darüber nach, eine Bewertung zu hinterlassen!

HOLEN SIE SICH IHR KOSTENLOSES BUCH!

Tragen Sie sich in meine E-Mail Liste ein, um als erstes von Neuerscheinungen, kostenlosen Büchern, Sonderpreisen und anderen Zugaben zu erfahren.

https://geni.us/jungfrauunddervampir

BÜCHER VON MISTY MALLOY

ÜBER DEN AUTOR

Misty Malloy lebt mit ihrem unfassbar niedlichen Wolfshund in Arizona. Wenn sie nicht gerade über sexy Drachenwandler schreibt, plant sie ihre nächste Abenteuerreise. Sie liebt die Happy Hour mit reichlich Cocktails und Käse, heiße historische Filme und lautes Mitsingen beim Autofahren.

Misty ist gerne mit ihren Lesern in Kontakt! Auf diesen tollen Seiten kannst du dich mit ihr in Verbindung setzen:

Website: https://mistymalloy.com